JN223200

生活
海猫沢めろん
随筆傑作選
河出書房新社

はじめに

まず説明しておきたいことがある。今、みなさん、心のなかでこう思っているはずだ。「海猫沢めろん。一体どういう気分でこんな名前を名乗ってるんだ……正気か？」と。

おれの名前は海猫沢めろん。本名だ。

子供の頃からこの名前で苦労してきた。保育園ではみんなの人気者で、先生たちにもかわいがられた。しかし、小学校に入学してからは一変した。クラスメイトたちは、おれの名前を聞いて笑い転げた。

「めろんって！　嘘だろ！」

中学生になると、さらに厳しい現実が待っていた。思春期特有の残酷さで、「海猫沢」という珍しい苗字をからかう生徒が増えた。昼休みには「ニャー」と猫の鳴き声で話しかけられることもあった。

高校を卒業した後、大学に行く代わりに、地元の港町で、カモメウォッチングツアーのガイドになった。「海猫沢めろん」という名前が、この仕事に就くきっかけになったと云っても過言ではない。

ツアー客に自己紹介するたびに、こんな会話が繰り返される。

「ガイドの海猫沢めろんです」

「えっ、本当の名前ですか？」

「はい、本名です」

「では、海猫について詳しいんですね？」

「はい、名前のおかげで否応なく詳しくなりました」

おれは海猫とオオセグロカモメの見分け方や、その生態について熱く語り始める。客たちは、おれの名前と知識の豊富さに驚きながら、楽しそうに聞き入る。

ある日、珍しい迷鳥が港に現れた。専門家たちが集まって大騒ぎになる中、地元紙の記者が取材に来た。「海猫の専門家」として、インタビューしたいと云うのだ。

「でも、僕は本当の専門家じゃありません。ただの……」

「いいえ、海猫沢さん。あなたの名前からして、これ以上の適任者はいません！」

結局、おれは地元紙の一面を飾ることになった。

「海猫沢めろん氏、稀少カモメを語る」という見出しで、写真付きの記事が掲載され地元では一躍有名人になってしまった。

それからというもの、休日にはときどき、「海猫沢めろん」名義で小説を書くようになった。

出版社に持ち込んだら、編集者に「ペンネームとしては強烈すぎる」と云われ、「本名です」と答えると驚かれた。

しかし、その独特な名前が功を奏し、今回この随筆が発売されることになった。

そんな夢から覚めると、目の前には、漠（ばく）たる現実があった。

まさかこの歳になってもまだこの名前で仕事をしているとは思わなかった。

私は今年、作家生活二〇年になる文筆家である。小説や書評や随筆を書いて暮らしている。たまにラジオやネットで話をしたりもする。歳は五〇に近い。

正直、後悔している。

推理小説の大家、江戸川乱歩の筆名が、アメリカの作家エドガー・アラン・ポーをもじってつけられたのはよく知られているが、海猫沢めろんという筆名に、いかなる深淵（しんえん）な思想が秘められているのかは、あまり知られていない。北欧文学者で、ノルディック・カウンシル文学賞を受賞しているエミネ・コザーロンをもじっているのだが、マイナーすぎて誰にも伝わった試しがない。翻訳されていないのだから仕方ない。

とはいえ、なんだかんだ云っても「海猫沢めろんをやっていて良かったな」と思う瞬間はある。思い出したら書く。

この随筆はそんな私の二〇年の集大成である。傑作だけを集めた。

読み返してみると、私はかつての自分が理想とした作家に近づいている。

真面目に仕事をするな！／常識を口にするな！／まっとうな努力などするな！／サラリーマンのように働くな！／そうやって読者の夢を奪うのをやめろ！／いますぐ酒を飲め！／爆弾を作れ！――今や、そういうことを云う作家は絶滅してしまった。

私があこがれていた作家とは、学歴もなく実家が細く、ろくに仕事もせず小説を書かない生活破綻の貧乏人であり、刹那（せつな）のきらめきを求める唾棄（だき）すべき穀潰（ごくつぶ）しである。

そんな作家がどこかにいると信じていた。実際いなかった。だから自分が日々、そんな存在に近づいていることを誇りに思う。

これからも人生の苦さを噛み締めながら、人々に希望を与えたい。

なお、さきほど筆名の由来は北欧の作家がどうとか書いたが、ただの思いつきである。

（神戸新聞／二〇二四年一月五日　大幅に改稿）

2011年9月26日　文京区・仁愛クラブにて

目次＆自筆年譜

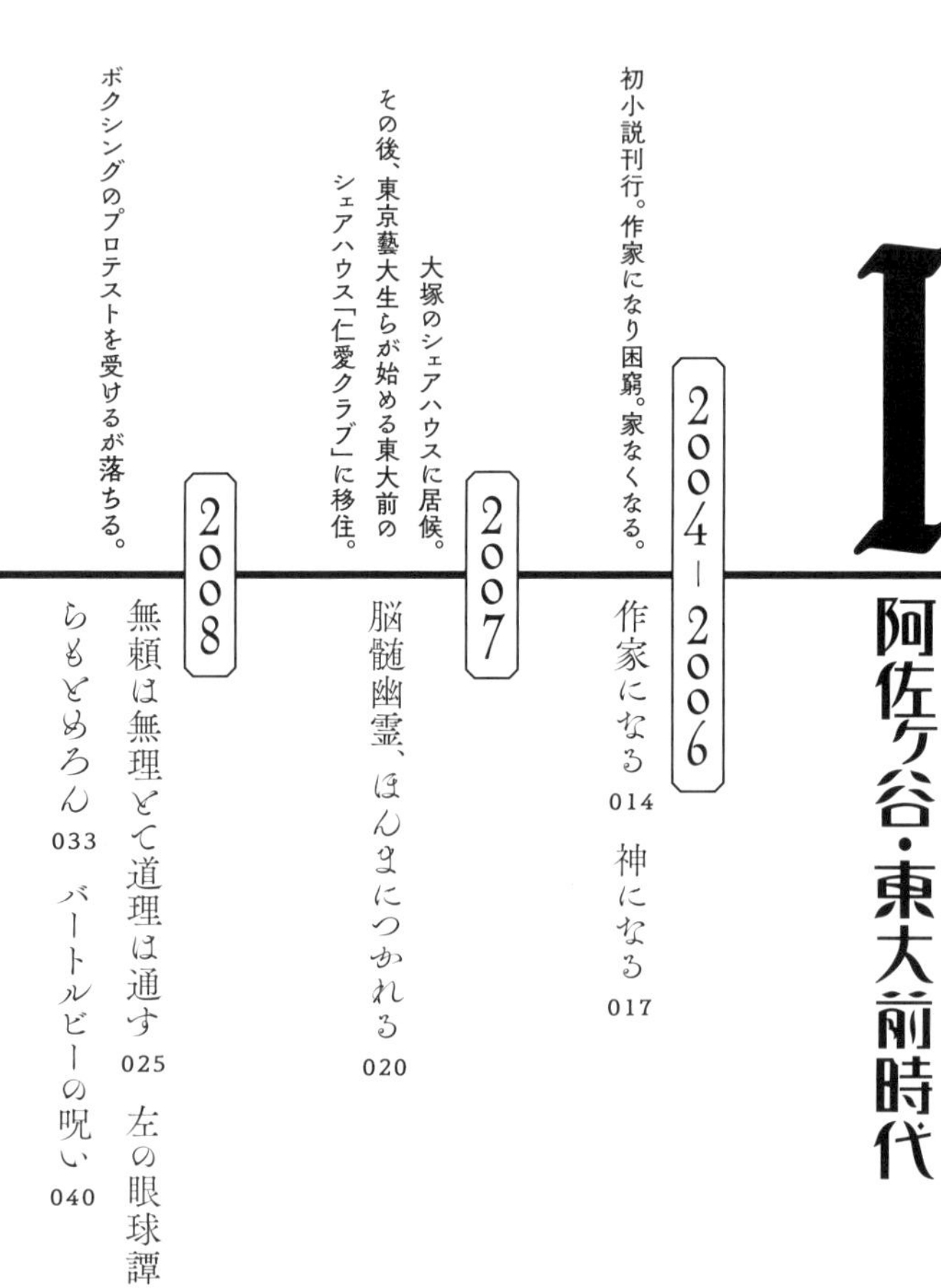

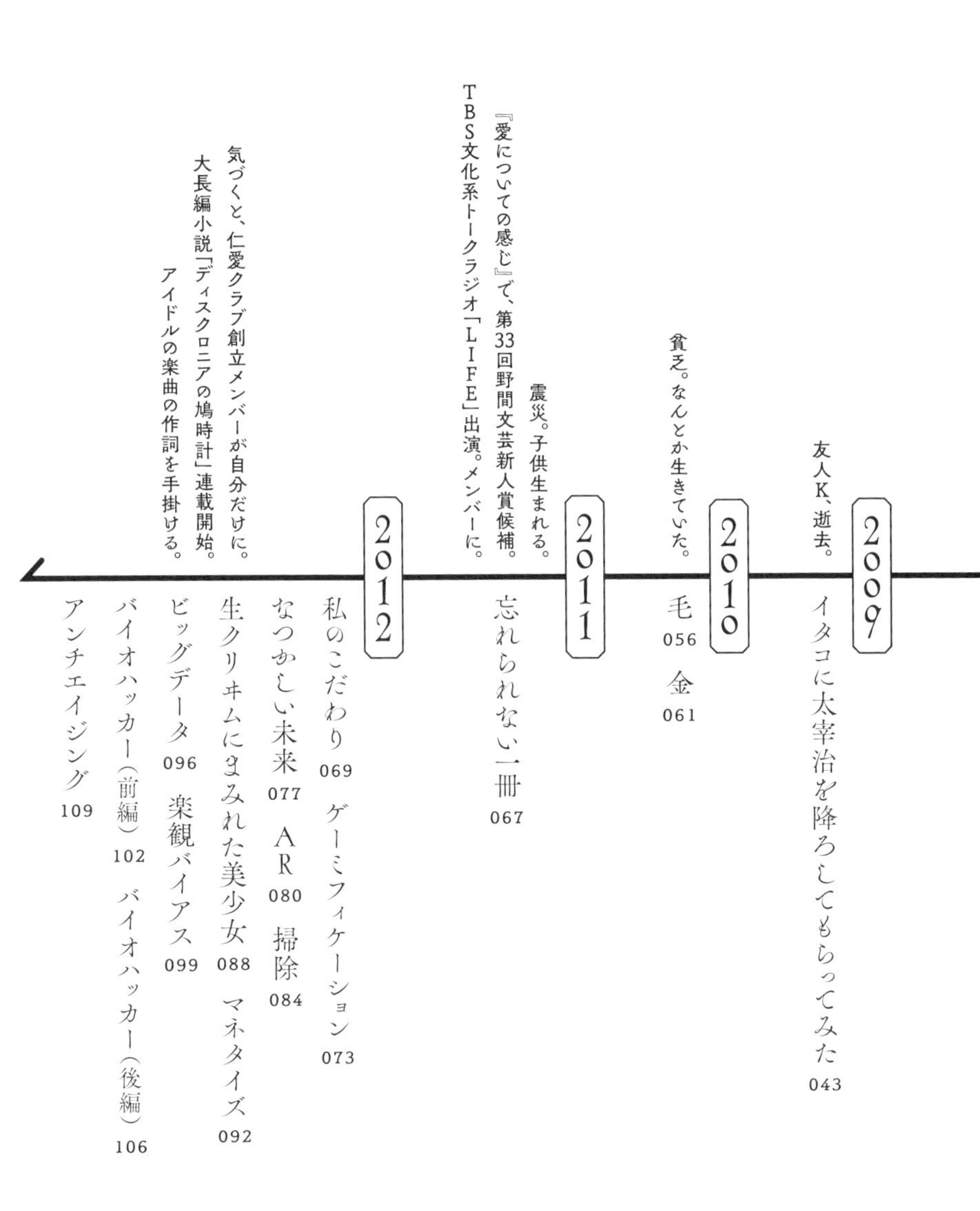

II 熊本時代

2013
連続イベント「読者工学論」を開催。

2014
仁愛クラブから派生した
西荻シェアハウスの一室を仕事場に。

2015
フランスのドキュメンタリー監督Claire Laboreyの映画
「NAOSHIMA(Dream on the tongue)」に出演。

2016
熊本に引っ越した数日後に熊本地震。

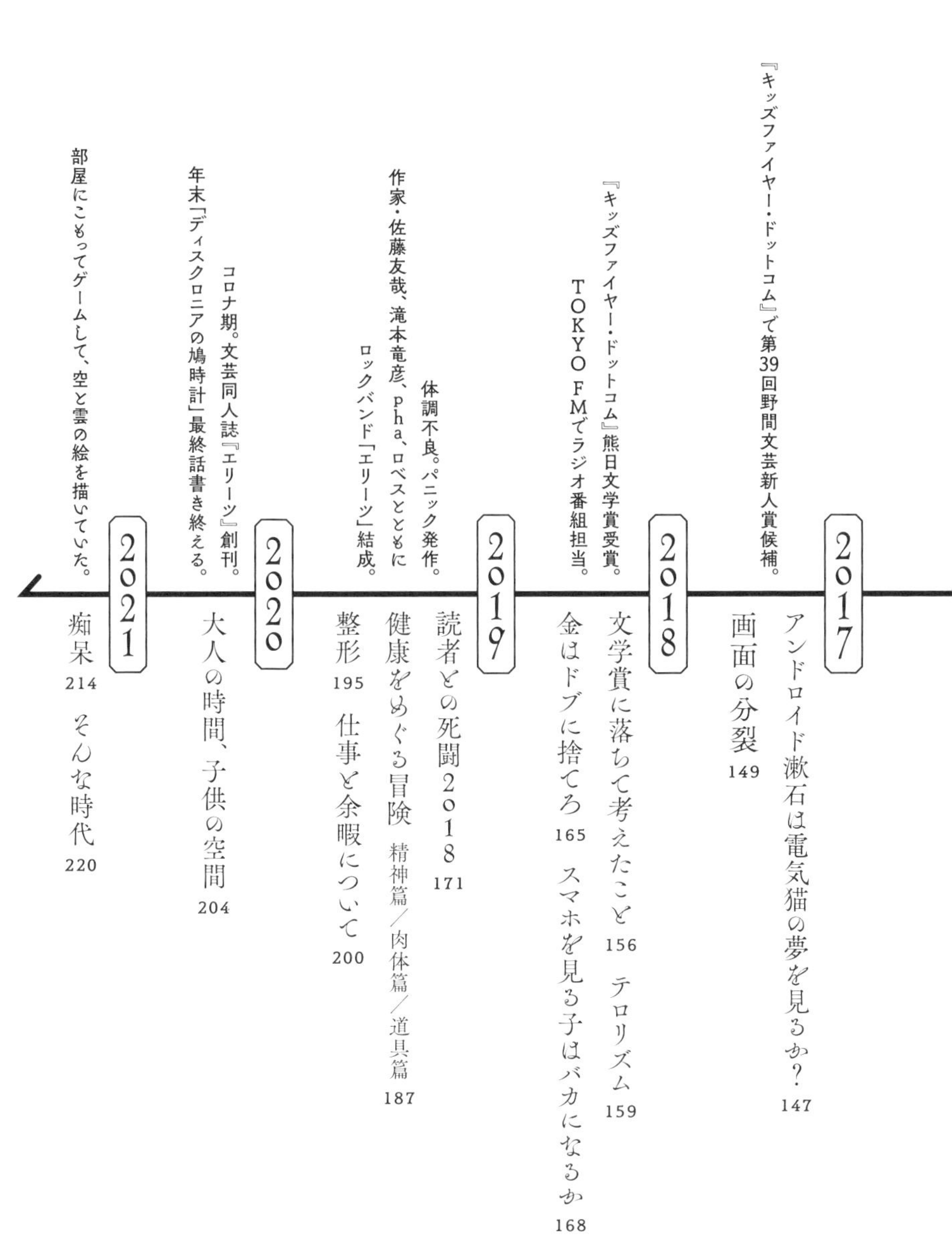

2017

『キッズファイヤー・ドットコム』で第39回野間文芸新人賞候補。

2018

『キッズファイヤー・ドットコム』熊日文学賞受賞。

TOKYO FMでラジオ番組担当。

2019

体調不良。パニック発作。

作家・佐藤友哉、滝本竜彦、pha、ロベスとともにロックバンド「エリーツ」結成。

2020

コロナ期。文芸同人誌『エリーツ』創刊。

年末「ディスクロニアの鳩時計」最終話書き終える。

2021

部屋にこもってゲームして、空と雲の絵を描いていた。

III 横浜・阿佐ケ谷時代

2022

熊本から横浜に引っ越し。

仁愛クラブ、西荻シェアハウス相次いで取り壊しに。

2023

引っ越し。じつに一六数年ぶりに阿佐ヶ谷へ帰還。

最低年収記録更新。

2024

大長編『ディスクロニアの鳩時計』版元から刊行中止。

私家版を自費刊行。完売。版元「泡影社」開始。

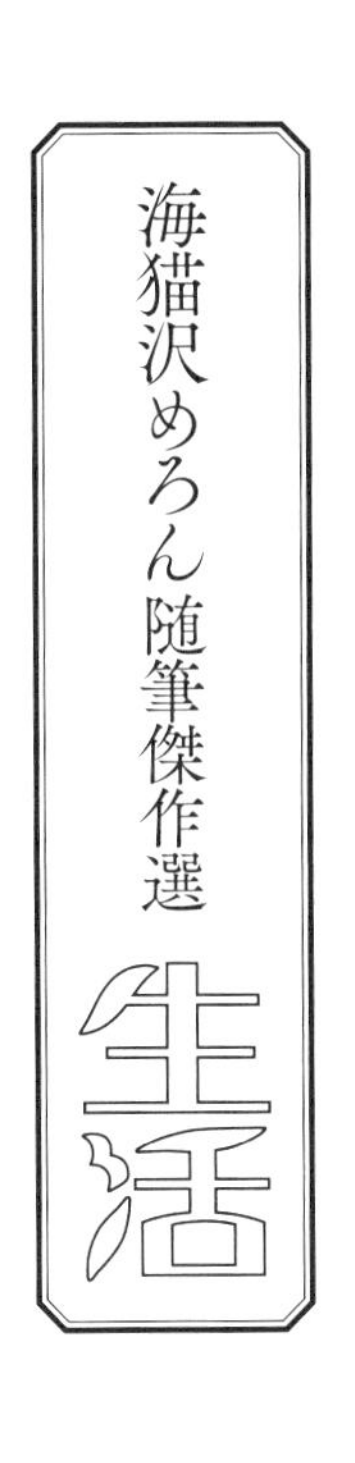
海猫沢めろん随筆傑作選
生活

阿佐ケ谷・東大前時代
I
2004/2015

作家になる

作家であるとはどういうことなのか？　実にむずかしい問題である。

二〇〇四年、私は作家になった。

自らが制作した官能アダルトゲームをもとに書いた小説が、局地的に話題になり、この珍妙な筆名と相まって知られることになった私であるが、実際のところまったく仕事がなかった。そのころ私は、玄関に不気味な自作の木製ポストを備えた、「鬼太郎ハウス」と呼ばれる、阿佐ヶ谷の古びた一軒家に住んでいた。デザインの仕事でなんとか糊口をしのぐも、肝心の原稿は一切進まない状態であった。

やがて、金が尽き、住んでいた家から追い出される羽目になった。デビュー作で得た収入を株に突っ込み、デイトレードに手を出した結果、すべてを失い、翌月には家賃も払えなくなってしまったのである。

働くか……いや、作家は働いてはいけない。こういうときは人に金を借りるべきだ。当時住んでいた阿佐ヶ谷には多くの文人がおり、不思議な雰囲気が漂っていた。

彼らを頼れば、金の工面は容易い。しかし……面倒だ。

思考停止して、駐車場でファイヤーダンスの練習をしていたところ、近所に住んでいた友人の作家、S氏が通りかかった。

「誰が踊っているのかと思えば、めろん氏ではありませんか。どうしたのですか」

「いや、どうも金がなくなってね。そろそろ家を出ていかないといけないのだが、困って踊っていたのだよ君、金を貸してくれまいか」

私は流れるような自然な会話で金を借りようとしたが、S氏は驚いた顔を見せた。

「それは大変ですね。ちょうど僕の仕事場が空いているのでしばらく宿泊しますか」

「いいのかね。ありがたい。それではいまから早速、荷物を運ぼう」

S氏の善意につけ込むことに成功した瞬間である。

新進気鋭の若手作家として注目されていたS氏の部屋は快適であった。この部屋にいる間に一冊ぶんの原稿を仕上げた。しかし、長居するわけにはいかない。はやく次の宿を探さねば……。

こうして私の流浪（るろう）の生活が始まった。


次に見つけたのが大塚の家である。知り合いに、大塚でシェアハウスをやっているT君という武道家を紹介してもらい、畳ひとつぶんのスペースを五〇〇〇円で借りた。

その間になんとか次の原稿料が入ったので、これまた偶然知り合った、東京藝大の人々が始めた東大前シェアハウス「仁愛（じんあい）クラブ」の一室に引っ越した。

この部屋は昔ながらの畳の和室だったが、三畳ほどのスペースに、トイレと元シャワールームの小部屋がついている珍物件だった。

とはいえ前の大塚に比べると三倍の広さだ。

本棚を作り、掛け軸をかけると、なんだか無限に原稿が書ける気分になってきた。

実際は相変わらずだった。


作家であるとはどういうことなのか?

結局、混沌と不確実性の中で生きることこそが、作家である証(あかし)なのかもしれない。

次の家賃が払えなくなったら、また踊る。


(書き下ろし)

神になる

夜中の二時に家のまえで縄とびをしていたら何者かに声をかけられた。

「ＨＥＹ！　軽快だねぇ！」

ふりかえるとそこには、リュックを背負ってメガネをかけた老人。もちろん面識はない。はりつめる空気。一触即発の状況。私は震えながら縄とびをかまえる。二重とびのモーションに入ろうとしたそのとき、なぜか面食らったような顔をしている老人が「なんだ……男か」と、つぶやいた。

ナンパだったのか。

そういえば、ここ一年くらい髪を切っていないので、後ろからみると確かに女子にみえなくもない。老人は「俺は絵描きなんだ」と自己紹介し、おもむろにリュックから自作の絵を取りだして見せてくれた。激情のおもむくままにボールペンでメモ帳に描かれた人物画。これはきっとサイコセラピーで描かされた絵に違いない。私は笑顔を返した。

以来、この老人によく出会うようになった。

その老人Ｉさんは、多彩かつ能弁（のうべん）だった――絵に加えて詩も書いている（しかも英語混じりだ）、クラブＤＪとコラボをした（想像できない）、アート事務所の設立計画（経営が不安だ）、プロ以外の女性との性行為は禁止（素人童貞だ）、胸につけているのは謎の秘密結社のメンバーしかもらえないペンダント（綺麗だ）――この調子でいけば、「ムー」を毎月立ち読みする必要がなくなりそうな勢いだった。

そんなある日、近所に住む友人たちが「最近このへんに奇妙な老人が現れる」と、噂しはじめた。間違いなくIさんのことだったが、友人たちは続けてこう云った。

「なんか、めろんさんに似てるんだよね……その老人」

似ているわけがない。いや……似ているのか？　背中まで伸びた髪に猫背、そして最近は一本高下駄をはいて和服でうろついている私だが、よく考えると確かに不審者だ。気づかないうちに、私も奇人の仲間入りをしていたというのか。

――神が必要だ。

ここでいう神とは客観性のことだ。人は根拠のない全能感や圧倒的多幸感に囚われると客観性を失い暴走してしまう。中学校時代、クラスの女子と目があっただけで「あの子……オレに惚れてる⁉」とか思ってストーキングを繰り返してしまったり。そのあと警察に通報されて学校中から冷ややかな目で見られ、ロケットカウルとチンチラシートを装備した不良のZⅡで校庭を引きずり回され、血まみれになりつつも「オレはいじめられてない！　これって『北斗の拳』みたいでカッコいい！」とか思ったり――というような客観性を無視した、都合の良いおもいこみ、それが現実との軋轢を産み出し、ひいては奇人をこの世に産み出すのだ。

この奇人発生に歯止めをかけるためには、人の心に神（客観性）を内在させる検定＝神様検定をつくれば良い。狂気が社会から阻害されるものになったのは近代以降らしい。神様検定は狂気のレベルを計ることによって、社会が狂気をコントロールできる。自分でもなにを云っているのかわからない。

（INFAS パブリケーションズ／「STUDIOVOICE」／二〇〇六年九月号）

脳髄幽霊、ほんまにつかれる

一〇年以上も前の、夏の話である。

近所の友人Aの家に遊びに行くと、部屋のゴミ箱にほぼ新品のスニーカーが捨ててあるのを発見した。

「この靴もう捨てんのん？」

Aは無言で首肯。不思議に思い、

「なんで？」

と続ければ、

「脳髄(のうずい)を踏んでしもた……」

とシュールな返答。

脳髄。

「ああ……まあ夏やしね」

むろん、季節など無関係であったが、この得体の知れぬ展開に呑まれると、夢野久作先生の小説のような、ドグラ・マグラした場所に迷い込んでしまいそうであったので、どうにかして語尾を風流にしてみたものの、何の効果もなし。吾々は冷房の音が流れる部屋で緘黙(かんもく)。

頭をひねった。

脳髄を踏めるような立場にある人間というのは、この現代社会に於いては非常に珍しく、医者かヤクザくらいのものであり、どちらも何かを極めた専門職であるが、Ａは単なる建築専門学校生である。数分後、Ａが、とある駅で飛び込み自殺に遭遇した話をはじめるに至って、思い出した。

Ａは、酷く自殺者に遭遇する確率が高い男だった。

彼は繊細、且つ優しい男であったので、それからあとも偶然の死に遭遇することが続くにつれ、やがて少し心を病んだ。過剰に自殺者に感情移入しすぎたのだ。そのうち、友人たちの間で、ある噂が囁（ささや）かれはじめた。

Ａの病（やまい）の原因は「霊に憑（つ）かれた」せいだというのである。

これはまずい。

自分は子供の頃よりオカルト雑誌を愛読しておるのだが、このようなものを買う人間は二種類に分けられる。ビリーバーと呼ばれる神秘主義者と、それ以外——単なる興味本位、懐疑主義者を含む、その他諸々——である。友人たちは今まさにビリーバーと化している……自分は後者であり、幽霊とは、死者と自分との交換可能性想像力の生み出す妄想であり、〈憑かれる〉というのはその可能性を自らの内に引き込んでしまうことである、と考えていた。

その場を覆うにわか神秘主義の闇を払い、Ａの擁護（ようご）をするつもりでそのことを友人たち

に伝えると、冷たい視線と共に、

「屁理屈ばっかゆってへんと、ちゃんと考えろよ」

と、怒られた。

……納得できない。なぜだ……ここで一番合理的かつAの症状を理解しているのは自分のはず……どういうことであろう……この居心地の悪い空気は一体……。

自分は大人になってから気づいた。あの場では、理屈や、幽霊、心の病などはどうでも良く、共感能力を試されていたのである。そしてその共感の輪に混じれなかった自分は、心の冷たい男なのである。

確かに、先程の説でいくと、〈憑かれない〉人間は情が薄く、共感能力が低いということになる。無論それを否定する気はないが、自分は共感に共感する、ノイズ混じりのフィードバック奏法的な共感がそれほど大切だとは思えない。だからと云って、今、共感を売り物にした商品が蔓延(まんえん)していることについて批判をするつもりもない。欲望されているものが的確に受け手に伝わっているだけで、世の中の仕組みが上手く廻っているではないか、としか思わぬ。興味がない。

世の中で求められているものは、それ自体が欠如しているからこそ欲望されるに違いない。これほど共感が求められているのを見ると、共感能力の欠如した人々が、世の中の大多数ということになる。ならば、共感能力の欠如した人間を、マイノリティとして取りあげ、それが犯罪者の条件であるかのように騒ぎ立てる犯罪評論家の物云いは間違っているということになる。

逆に、そうでないなら彼らは「共感能力の欠如している人間に共感する」という能力が低いことになる……と、云うような思考の果てにたどり着くのは、面倒で疲れるからもう共感トカ必要ないのでは？　という結論。

このような社会において必要なのは、共感さえも廃した絶対的な個人的経験であり、その空間では共感を軸にした排他性は根絶されるであろうから、冷静な物の見方が可能なはずである。

いや、しかし、それさえも文字に書かれた瞬間に共有され共感されてしまうのだろう、ならばもはや理解できぬ言葉で自分だけに書くしかない。

無茶を云っているように思われるかも知れぬが、会ったこともない幽霊の実在を信じるならば、これも信じられるはずである。

——以上は極論であると同時に己も含む、共感能力の低い人々の弁護であるが、このように開き直るのもどうかと思い、自分はバランスの良い共感能力を磨く訓練をはじめた。

共感を磨くには平均的感性を手に入れなくてはならない。つまりそれは活動的で健康的、携帯小説や浜崎あゆみで泣けるような感性ということであると考え、田舎に帰省の折、履きつぶして棄てた脳髄スニーカーと同じモデルの靴を買い、真夜中に肥料の臭いがする田圃と、巨大な沼地の周りを全力疾走しながら、鼓膜が破れるほど轟音（ごうおん）で浜崎あゆみを脳に流し込むこと一週間、気づけば自分は星空の下で号泣していた。キラキラした音楽で宇宙と交信、共感能力の極限を体験できたのである。めでたし。

過剰分泌される脳内麻薬により発狂寸前の神秘を感じると同時に、そのとき、電撃に打たれたように、ある疑問が降ってきた。

問）Aが脳髄を踏んだ場所が神戸駅であったのは何故か？

そして、その答えに気づいた。

頭（コウベ）だから……。


くだらなすぎる頓知（とんち）の一撃。これは関係妄想か。それとも宇宙の意志か。電波が自分に、重大ななにごとかを伝えようとしている……そのようなことを疑わずにおられぬ今日この頃。これも共感力のなせる業（わざ）。

今夏は、霊に憑かれるかも知れぬ……。

余談であるが、Aは、今ではすっかり健康を取り戻し、「氣」の研究をしている。


（新潮社／「新潮」／二〇〇七年九月号）

無頼は無理とて道理は通す

文筆業を生業（なりわい）としてから確実に人生が狂っている。

別に頼まれたわけでもなく自分勝手にやっているので誰に文句を云うわけでもないが。前々年あたりから家賃が払えず友人の家などを転々とし住所不定となり、手持ちの銭も尽き、この度ついに借金生活と相なった。原稿を書けば解決する話なのだが、どう書いても納得がいかない。悩みをこじらせて挙げ句の果てに頭がどうかして、唐突にボクシングジムへ通い始めて殴られまくり、殴られるたびに記憶が飛ぶのでいい具合になにもかもがどうでも良い感じになってきている。無頼（ぶらい）作家ならそれも武勇伝の一つになるが、私は「海猫沢めろん」である。わけがわからない。だが芸道は芸がすべて。筆名などどうでも良い。しかしながら、見返りを期待するのも浅ましいが、このようなけもの道を進んだところで、たいして得るものがないのは悲しい。唯一あるとすれば、トレーナーが経営する居酒屋で無銭飲食が可能になったことくらいであろうか。これはありがたい。なにせ最低限、餓死（がし）は免（まぬか）れる。しかし本業のほうはまったくなにも進まない。従って精神状態はどんどん悪化してゆく↓殴られに行く↓腹が減る↓無銭飲食↓精神悪化……という負の円環運動を繰り返していた。

そんなある日の真夜中、妄想から来る幻聴を消すために谷中墓地を全力疾走していると縁石に足をひっかけ、墓石に頭をぶつけて死にそうになった。呻(うめ)きながら起きあがると、近くの墓が目に止まった。墓石は低い柵で囲われ、そこには真新しい缶ビールなど、いくつかの供物がある。気のせいか、あたりの墓の中でそこだけが燦然(さんぜん)と輝いているように見えた。無頼の作家、色川武大の墓であった。供物はファンの厚意だろうか。それともギャンブルの神様と呼ばれた作家の御利益にあやかる魂胆か。私は前の年にパチンコ依存症になって大枚を失い、その前の年はネット株依存症でまた大枚を失い、半年間アルバイトをする羽目に陥ったため、もうギャンブルはやらないと決めており、故人をギャンブルの神様として崇めたりはしない。けれど、少しだけシンパシーを感じたことがある。

　少し前、彼の『寄席放浪記』を読んでいたときのこと。この中で色川は五街道雲助という妙な名前の噺家(はなしか)にこう告げる。「不道徳を名前に背負ってるのは、阿佐田哲也と五街道雲助と、日本じゅうで二人きりだぜ。変えないでこの名前で大看板になってくれよ」。色川武大が阿佐田哲也を名乗ったことの誇りと含羞(がんしゅう)がこの言葉にはある。筆名の懊悩(おうのう)は、ほとんど共感されない悩みである。だからこそ私は、彼が生きていたら「不道徳を名前に背負ってるのは、阿佐田哲也と海猫沢めろん二人きりだぜ」そう云って肩を叩いてくれただろうかと考えてしまう。墓と対峙し、思わず熱いものがこみ上げた。が、ふと疑問が過(よ)ぎる。色川は一体どういう気分で「不道徳を名前に背負」ったのだろう。そこに苦悩はあったのか。

　彼は六〇年の生涯で四つの筆名を持った。色川武大、井上志摩夫、雀風子、阿佐田哲也である。このうち有名なものが色川と阿佐田だ。井上名義では時代小説を、雀風子では麻雀随筆を、それぞれ書いていたというが、私は読んだことがない。本名の色川で新人賞を獲ったあと、スランプに陥り、難病（伝説の奇病ナルコレプシー）を患うなどして散々な日に遭ったあげく別名義、阿佐田哲也の『麻雀放浪記』がヒットする。その後、晩年近くは色川名義の小説で名だたる賞を獲得している。怠け者の若輩がとやかく云えるようなものではないが、あえて一つだけ、私は色川が筆名を使い分けたその一点について納得できない。

　彼がもし最初から阿佐田哲也として世に出ていたならば「不道徳を名前に背負う」の言葉に込められた覚悟が分かる。だが、単にリスクヘッジのために筆名を使い分けていた人間の言葉だとするならばそこに込められた重みは違ってくる。果たしてどちらなのか。考えてみるが、阿佐田哲也という名には無頼をあてこむいやらしさがない。芸人びいきの色川の、さらりとした粋が感じられる。自らを「怠け者」「たいした人間ではない」「正しい生き方も邪な生き方もできない」と云う彼のこと、筆名など気にしていなかったのだろう。そう思った途端、怒りがこみ上げてきた。やりきれない気持ちに襲われ、私は墓に供えられていた缶ビールを握りつぶすように奪い、それを飲んだ。完全に八つ当たりなのだが。とにかく飲んだ。そして、吐いた。私は下戸だ。

　明朝、それを後悔した。『狂人日記』の自筆年譜を見たところ、「変名で売文するのが空しくなり、不意に廃業」「禁を破り、変名で原稿料の高い週刊誌に麻雀小説を書く。変名、阿佐田哲也」という記述を見つけた。しかも変名を使って書く理由は経済的な貧窮。自らの信念を覆すのは血を吐くような無念だったであろう。私にも覚えがある。無頼などといえば豪放磊落で細かいことは気にしない。勝手気まま自由に生きたというイメージだが、彼の内面はそうではなかった。酒を飲み笑いながら病苦に耐える。結婚した三年後に『離婚』を書く。色川の人生は自由に見えて不自由、不自由に見えて自由。ならばその狭間で遊び続けることこそ彼なりの無頼ではなかったか。それは、〈無頼〉という言葉の逆説を照射する。頼る物あってこそ〔無い〕という概念は成立するのだ。

　猛省しつつジャージで部屋を飛びだすと、酒を買って霊園に走った。

（講談社／「群像」／二〇〇八年二月号）

左の眼球譚

台所で思いきり鼻をかんだら、左目が飛び出した。

びっくりしながら蹲(うずくま)って目玉を押し込んでいると、背後から、なにしてるんですかめろんさん、と同居人男子の声がしたので私は思わず、イ、インターネットッ！　と口走った。病院を調べてくれ（君のインターネットで）という意味であるが、真意が伝わるまでに約五分を要した。

すぐに近くの大学病院に自転車を走らせ、診察を受けた結果は「眼底骨折」。そういえば昼間、ジムでスパーリングをした際に強烈な右のカウンターを喰らった覚えがある。医師によると、鼻をかんだときに、折れた眼底から空気が入るのは良くあることらしく、見え方に問題なければ、感染予防の薬を飲んで安静に……と、会話の途中でとつぜん口を止めた。訝(いぶか)りながら、どうかしましたか？　とたずねると、医師は私の眼を看ながら、眉をひそめ、ああ……あなた緑内障もアルね、と怪しい中国人みたいな口調で云った。

骨折よりも緑内障のほうが深刻なので、早期発見は怪我の功名であると告げられたが、私は釈然としない気分であった。数年前、一本歯の高下駄を履いて歩くだけで、古武術的な身のこなしができるようになる、と甲野善紀の本に書かれていたのを読んだ私は、さっそく一本高下駄で近所を徘徊(はいかい)しはじめたが、慣れてきた頃、車に跳ねられた。

事情聴取で保険会社の方に、そのときあなたは古武術的な身のこなしで避けることはできなかったのか？　と追及されたが、古武術が編み出された時期に自動車はありませんでしたと反論。

この事故で私は半年は楽に生活できるくらいの保険金を手に入れ、しばらく自宅で楽しく暮らした。それに比べると今回の「怪我の功名」は、功名度が低いと云わざるを得ず、どちらかというと弱り目に祟り目という言葉のほうが似合っている。まあ、なんにせよ患(わずら)ったものは仕方ない。二つのうちの一つなのだし、大したことではない。

無精な私はその後、病院へ行くのを億劫(おっくう)がって、検診を無視してしばらく眼帯をつけたまま家で寝て暮らしたが、片目なので何をしてもすぐに疲れる。仕事も手につかないが、読書くらいは楽しみたい。なにか片目で読むのに適した本はないかと頭をひねっていると、北條民雄の短篇に「眼帯記」という題名のものがあったことを思い出した。残念ながら題名だけで、中身を知らない。ちょうどよい機会なのでどんな話だか読んでみようと、夜の図書館にでかけ、眼帯のままそれを読みはじめたのだが……読み進むにつれて背中に嫌な汗がにじむのを感じた。

「眼帯記」は昭和初期の「文學界」に発表された、いわゆるサナトリウム文学と呼ばれる類(たぐい)の小説である。抑制された絶望と淡々とした希望の描写、行間から漂うクレゾールのにおい……北條は二〇歳のときハンセン病を発症、二三歳で病死している。筋金入りである。流石(さすが)に冗談を云う余地も見あたらない。話は、いきなりベッドの上から始まるので一瞬わけがわからないが、良く読むと〝部屋の者はみな起き上がっていたが〟などと書いてあり、要するに最初から病院の大部屋にいる病人が、さらに病気になるという底なしにデフレスパイラルな話なのだ。

ある朝、眼に痛みを覚えた主人公は医局の眼科に行って眼帯をもらい、眼帯をした彼は、それを病院の友人みんなに見せびらかし、悲観しているふうを大げさに装ったり、強がったりする。このあたりはまだ少し明るい。主人公の病状はまだそれほど悪化していないので、おどけてみせるくらいの余力がある。このまま逞しく生きてくれれば良いものの、後半で眼病の少女がじっと耐え、眼をガーゼで温めているのを目撃、〝もしこれが徒労であるなら、過去幾千年の人類の努力はすべて徒労ではなかったか！〟と、慟哭。最後は自分よりも眼が悪いTという男に「今のうちに書きたいことは書いとけよ」と云われ、自らもまた迫り来る死の病から逃れられぬことを痛感して凹む……。

読んでいるあいだは、眼病が悪化するような気分だったが、読了後は不思議と落ち着いた気分になった。真っ直ぐに救いを求める北條の姿勢は、抜き身で苦悩と切り結ぶような覚悟と凄みがある。読みながら私が思い出したのは、『夜と霧』で有名なV・E・フランクルの言葉だった。ナチスの強制収容所を生き抜いた彼は、どのような状況にあっても人は生きることに意味を見いだせる、と説いたが、同じく、極限状態を生きた北條も、その境地にたどり着いている。フランクルは収容所の人間たちを剝き出しの「裸の人間」と呼び、北條は処女作『いのちの初夜』において、病で人の形を失いつつある病人たちを、人間ではなく、ただの「生命」と呼んだが、それらは決して否定的な意味ではない。二人が目指したのは、それを肯定したうえで「新しい人間」になることだった。しかし北條は、恐らくそれに挫折した。救われてしまえば言葉は無用、北條は最後まで業を背負って言葉を紡ぎ続けた。その姿は「新しい人間」などではなく、業から逃れられぬ「悲しい人間」である。だが、私はそれが羨ましい。

　気づくと、図書館からは誰もいなくなっていた。私は手洗いに立ち、鏡の前で眼帯を外して眼を見た。

（文藝春秋／「文學界」／二〇〇八年四月号）

らもとめろん

大阪人にとって中島らもというのは不思議な存在である。

大阪にはヤクザと商人と漫才師しかいない——というのはよく云われることだが、確かにこれは事実である。私が子供の頃はこの三種類以外の職業は存在していなかった。だからコピーライターなどという横文字の職業などはむろんあるわけがない。あってもそれは東京の職業で、大阪では成立しないものだと思っていた。だがしかし、中島らもはコピーライターだった。つまり、中島らもは大阪人ではない。「ソクラテスは人間である、すべての人間は死ぬ、だからソクラテスは死ぬ」——これが三段論法であるが、これに従うと「すべての大阪人はヤクザと商人と漫才師である、中島らもはコピーライターである、だから中島らもは大阪人ではない」ということになる。論理的には。

では大阪人にとっての中島らもは一体なんだったのか。

それは、ウーパールーパーである。

寒天（かんてん）のようにぷるぷるした真っ白な身体、つぶらな瞳、アホ面、八〇年代に話題となった謎の生物。それがウーパールーパーだ。今ではメキシコサラマンダーという和名で普通に売られ、熱帯魚屋さんなどにいけば手軽に飼うことができる生物になっているが、登場当時はトカゲだかカエルだかわからないその姿にマスコミは驚き、「コロコロコミック」

はウーパールーパーを主人公としたマンガを連載した（ドラえもんをウーパールーパーに置換したような作品であったような気がする）。無理もない。アルカイックスマイルじみた神秘的表情を浮かべたウーパールーパーは、どう見てもこの世の生物ではなく、宇宙生命体としての存在感に満ちあふれていたのだ（本当はただのサンショウウオらしいが、怪しいものだ）。

私は大阪のお好み焼き屋で、おっさんがテレビに映った中島らもを見て「確かにこいつは関西人なんやけど……どことなく関西人ではないような気もするねんなあ……」とボヤくのを聞いたことがある。確かに中島らもは変である。吉本新喜劇的な「しょうもなさ過ぎておもろい」こともあれば、東京的な「うますぎて笑えない」こともある。大阪人の粉モノに対する執着にツッコミを入れるときの、アウトサイダー的視点。常に酩酊(めいてい)しているようで（実際、酩酊していたのだが）なにを考えているのかわからないその顔。ウーパールーパー的という他ない。

私が中島らもと出会ったのはトイレの中だった。

子供のころ、マンガとゲームに耽溺(たんでき)していた私は、本など読まなかった。だが、それでも唯一本を読む場所があった。トイレである。私はなぜかストレスが腹に来るタイプで、嫌なことがあるとすぐにうんこがしたくなる。当時、一番嫌なこととは「学校へいくこと」であり、次に嫌なことが「学校でうんこをしたらいじめられる」という事実だった。そういった強迫観念から、必ず毎朝一時間近くトイレに籠(こ)もることになる。しかしそれでも、小、中合わせて九年間で五回ほどは学校でうんこをしてしまった。幸い、職員用のトイレを使ったので同級生にはバレなかった。

うんこは脇に置いて話を戻そう。

受験生のいる家庭では、トイレやフロの中で英単語やら地理やらを覚えるのが普通のようだが、うちのトイレにはカレンダーと本しかなかった。むろん私が受験生ではなかったせいもある。並んでいたのはソローの『森の生活』や『地球に生きる』というエコロジー本、そして、『中島らもの明るい悩み相談室』であった。うちの両親は大阪生まれで、中島らもと世代が近いこともあり、今思えばいかにも浪花（なにわ）のヒッピーが読みそうな本ばかりだったのだが、うんこしながら読むのに『明るい悩み相談室』は最適であった。そのうえ、勉強にもなった。例えば「お爺ちゃん、お婆ちゃん、お母さん、お父さん、お兄ちゃん、なぜ妹だけ〈お〉がつかないの？」という質問は「……確かに……なぜだ」とこちらを悩ませる。しかしそれに対し、中島らもは鮮やかに一休さんばりの老獪（ろうかい）な解答で切り返す（詳しくは本を読んでください）。そんな『明るい悩み相談室』に感銘を受け、他の著作を読んだかというとそんなことはない。なぜなんだろうと考えてみるが、たぶん作者で本を読むという読み方を知らなかったのだ。読書の初心者は題名で本を選ぶ。著者名を見て内容が推測できるのは「江戸川乱歩」（乱暴なことが起きそうだ）と「団鬼六」（鬼のようなことが起きそうだ）くらいだ。

そのあとも中島らもは、人生の節々に現れた。

ある日、一人暮らししていた大阪の部屋に母親から『ガダラの豚』が送られてきたのだが、ぱらぱら見て読むのをやめた。長かったからである。その頃、私はいっぱしの読書家気取りで「中島らも？　そんなヌルイもの読んでられるかよ！」といった、自尊心（中二病）も芽生えていた。あと、テーマが宗教もののように見えたので読まなかった。その数年前に、私は妙な新興宗教にハマっていて、そこで修行をしていた。だが、あるときアトランティスとムー大陸に関して教祖と意見が対立して論争になった。ちなみにアトランティスはプラトンの著書に出てくるが、ムーのほうは妖しげなイメージで、同じモノとする教祖と、文献からするとぜんぜん違う、という私とで意見が対立したのである。議論はバミューダ海域に沈んだクリスタルやお互いの前世についてなど、高橋克彦か菊地秀行の伝奇ばりの展開を見せていた。このとき、大阪環状線の西九条にある六畳一間は、人類滅亡を左右するハルマゲドンの舞台と化していたが、誰も気づかなかったと思う。

そんなハルマゲドンを闘い抜き、私はそのうち社員が四人（社長、私、先輩、アルバイト）しかいないプランニング・デザイン会社の社員になった。とても嫌だった。とくに理由はなくて、会社にいくという行動そのものが嫌だったのだ。朝起きるのが嫌だった。スーツを着るのが面倒だった。通勤途中に腹痛に襲われて何度も駅のトイレでうんこをしたが、そのときにちょうど、後追いで『今夜、すべてのバーで』を読んで酒が飲めたらどんなにいいだろうと思った。酒が飲めたら毎日酩酊しまくってどろどろに酔って、会社にもいかずに家に籠もってひたすら酒を飲む。病院に入院して会社が休める。そんなことを考え、駅でうんこをしていたらどうしても遅刻してしまうため、三年間勤務していて出勤時間を守ったことは一度もなかった。遅刻しなかった中学生の頃のほうがまだマシであった。

　そうして出勤しても私は、「つくね」とか「炭火焼きチキン」「本格焼き鳥」などのポップを一ヶ月かけてデザインする自分の仕事に疑問を持たざるを得なかった。つくねの写真を撮りながら「いいねえ〜いいよ〜」「じゃあ次はこの棒をいれてみよっか？」と話しかけ、「つくねは……なぜつくねなのだろう？」と、根源的すぎて問いかけても意味がない自問自答を繰り返した。そのうち、会社近くの格安の妖しげな部屋に引っ越したが、寝ていると毎晩金縛りになり、風呂場から大量の髪の毛が出てきたりして、ノイローゼで鬱(うつ)になってしまった。

　エロスとタナトスが表裏なように、鬱と笑いというのも裏と表のようなものだ。普段明るい分、影は濃かった。本気で鬱なときというのは感性が全閉鎖しているので石になっているのと同じである。感受性など皆無なので本も音楽もモノの役に立たない。その状態で笑うことなど、ほとんど不可能に近い。中島らもが『明るい悩み相談室』をやめたのは鬱病のせいだったというが、私は会社をやめることなくそのまま通い続けた。なんとか鬱を乗り切るために楽しいことを考え、食品会社の毎月の食品新聞のロゴを「エヴァンゲリオン」風にしたり、つくねのシールデザインをアニメのロゴっぽくすることに凝りはじめた。

むろん、社長がほとんどボッにした。私はほとんど廃人になっていたと思う。しかし、中島らもはその状況でも笑いを生み出した。どうやって？ それは長いこと疑問だったが、近年『何がおかしい』を読んで、その謎がようやく解けた。デペイズマンを利用していたのだ。

デペイズマンというのは「手術台の上のミシンと蝙蝠傘の出会いのように美しい」のように、わけのわからないものをかけ合わせて生まれる異化効果のことである。このシュールリアリズムの手法は、躁病的直観から生まれる笑いとは違い、鬱状態で無理矢理作り出す笑い独自の、どこか論理的な匂いを残す。あの笑いの謎が少し解けた気がした。もっと早く知っていれば、私もデペイズマンの手法で超ヤバい「本格焼き鳥」や「つくね」のポップを生み出せたのに……。

やがて、私は会社の自分の席に電子ジャーを持ち込み、米を炊くようになり、あまつさえ、その米を他の社員に売ることまではじめた。社長はそれでも我慢した。私は退社した。

そのあと、ラジオ局で放送作家のはしくれのようなことをするのだが、そこでは中島らもというのは関西のサブカルチャー的才能の代名詞だったために、プロデューサー的な人が「らもさんはさあ……」「らもさんが……」と、ことあるごとに名前を出す。無意味に神経を逆なでされたので、絶対に笑えるようなものは書かないでおこうと思った。そして書かなかった。その結果、依頼が来なくなった。

私は中島らもを憎むようになった。

しかし、大人になってから中島らもを再読したら、とても面白かった。小説を書くようになってから読んだら、もっと面白かった。その頃にはもう、中島らもを憎んではいなかった。

かように、中島らもというのは大阪人の人生と密接に関わっている。大阪人の家にはたこ焼きプレートと共に、中島らもの本が一冊あるはずだし、そこにはいろいろな想い出がある。そういうわけで、やはり、大阪人にとって中島らもは、愛すべき謎の生命体であるところのウーパールーパーなのである（ちなみにウーパールーパーの英名がアホロートルである、という事実に他意はない）。

ところでこの文章において、これまでやたらと「大阪人にとって」「大阪人から見ると」と書いてきたが、私は兵庫県育ちである。

（青土社／「ユリイカ」／二〇〇八年二月号）

バートルビーの呪い

夕方起きて原稿を書こうとするも、気づいたら夜。あきらめて歌舞伎町に出かける。

物書きの病のうちにバートルビー症候群というものがある。小説とも評伝ともつかぬ不思議な書物『バートルビーと仲間たち』に初出するこの病名は、H・メルヴィルの『代書人バートルビー』に由来している（バートルビー氏は、何を頼んでも“I would prefer not to”「せずにすめばありがたいのですが」としか云わず、書くことを拒否し続ける謎の人物）。この病を患うと物が書けなくなるのだが、私は生来のバートルビー症候群患者である。事あるごとに執筆不能。治療方法は飽きるまで遊ぶ。

ということで、療養のための歌舞伎町。友人とタイ料理を食し、ストリップを見てから、出会いカフェに入る。アンパンマンを歌い続ける謎の女の子と友達になり、三人で居酒屋へ。彼女の話が想像以上。借金、暴力、堕胎、愛する人の病死……淡々と語られる携帯小説のような人生。携帯もなく、ストーカー被害で家もないというので、俺があんたに家を探してやる！　と、知人に電話で間借り交渉。女性が酔いつぶれて寝た瞬間、友人が、

「めろんさんもういいですよ。帰りましょう」

よく見るとバッグに携帯が。

「白血病の弟とか、あきらかに虚言じゃあないですか……どうして信じられるんですか」

「普通にあるあると思ったのだが……」

「ないですよ」

リアリティにどうもズレがあるらしい。起きた女子、なぜかバツが悪そうな顔。でも心配なので携帯番号を教え、家に帰って机に向かう。書けない。

『バートルビーと仲間たち』を拾い読み。スランプ脱出法の本だと思い編集さんに送って頂いたのに、むしろ虚無感が増す。書かない書けないということを書く、というのは一見逆説に思えるものの、行き詰まった作家の方法論としてはそう珍しくない。結局のところ私も、書けないことについて書かれた本のことを書いてなんとか書けない状況を打開しようとしているわけで、バートルビーの迷路は深い。


翌朝起きると台所に大量の貝。潮干狩りに行ったご近所さんからのお裾分けらしい。塩水につけておくが、家人たち（昨年私は住所不定になり、現在都内の屋敷の住人に拾われ、八人で雑居している）から「阿呆じゃないの⁉」と嘲笑される。家と近い環境のほうがリラックスできると思ったのだ。貝の気持ちになってみたのだ。

午後に調理。真水で砂を抜いて醬油、酒、生姜、少量の水で貝を煮る。煮汁で米を炊くときに、きざんだ生姜と筍を入れると旨いのだが、筍がない。ごぼうで代用。米を炊いているあいだにあさりの身をほぐす。炊きあがった米にあさりを入れて完成。簡素で美味。米をすこし固めに炊いておくと、あさりの柔らかさが引き立つ。

家人たちのために小分けにして台所に置いたところで、まてよ、檀一雄『檀流クッキング』にもっと美味しいあさりご飯の作り方が書かれていたのでは？　と思いページをたぐるが、見あたらずホッとする。毎回料理したあとで「こうすれば良かった！」と歯噛みすることしばし。目次をみるが貝料理がすくない。檀先生は貝嫌いか？　と訝るが、パエリアの項目を発見、地中海風ピラフのような料理ゆえ、もしやと思いざっと目を通すと、ムール貝のかわりにあさりを使うという記述。またやられた。次回はパエリアにしよう。

夕方、本が届く。柴田元幸責任編集『Monkey Business vol.1 野球号』。風呂に浸かりながら読む。野球号にふさわしくオールスターな執筆陣。野球号だから執筆者が九人かもと思い数えてみるが、まったくそんなことはなかった。ぱらぱらめくると柴田訳『書写人バートルビー』（！）。恐るべき偶然。以前読んだ酒本雅之訳では“I would prefer not to”は「せずにすめばありがたいのですが」となっていたが、柴田元幸訳は「そうしないほうが好ましいのですが」。私が訳すなら「どーでもいいいんですが」か？　筆はさっぱり進まず。バートルビーの呪いは強い。

（産経新聞／「仕事の周辺」／二〇〇八年五月）

イタコに太宰治を降ろしてもらってみた

日本には三大霊場と呼ばれる山がある。即ち——高野山、比叡山、恐山である。恐山は、下北半島の中央に聳(そび)える霊峰であり、七月二〇日から大祭が行われ、そこにはイタコがやってくる。梅雨(つゆ)の明けた二〇〇九年、七月二〇日。私は太宰治と対談をするために、青森県へと向かう列車に乗っていた。

イタコとは霊能者のことである。盲目・半盲目になってしまった女性が、生活の糧(かて)のために師匠のイタコへ弟子入りし、苦しい修行を経て、能力を身につけて独立。「口寄せ」により、死者の世界にいる先祖や肉親・友人・知人と、現世に生きる人との仲立ちをし、今は亡き人の意志を伝達する。これを「仏降ろし」という。

今年はちょうど太宰の生誕一〇〇年。私は、イタコに太宰治を降ろしていただいて対談するという、非常に罰当たりで人間失格なことを考えたのだった。

新幹線は東京から三時間半で八戸へ到着する。

青森は思ったより近い。津軽海峡線特急スーパー白鳥へ乗り換え、昼ごろに野辺地駅へ到着。さらに大湊線へ乗り換えて、二時間ちょっとで下北へ到着する。駅前には恐山行きの臨時バスが用意されており、一〇分ほど待つだけでバスに乗ることができた。大祭初日の真っ昼間だというのに、乗っているのは、私の他には、ジャージを着て帽子を被った、二人連れの初老の女性のみ。人が多いところが嫌いなので、このくらいがちょうど良い。

バスはむつ市街を走り、まがりくねった恐山街道に入る。

車内に女性の音声で、恐山の由来や沿革を語るテープが流れる。

しばらくすると、バスが不意に路肩に寄って、停車した。

あたりはまだ木々に囲まれた坂道の中腹。運転手が前方を指さして「冷水をどうぞ」と云ってドアを開ける。道のむこうに、ひしゃくで湧き水を飲んでいる人が見えた。

行ってみると看板が立っており「恐山冷水　その冷水なる　水は不老不死とも　うたわれ　登山する人を　喜ばせている」とある。

老女ふたりが、冷水をガブ飲みしているのが見えた。

そのうちに道は下りになっていく。坂道がゆったりとしてきて、森の濃さも心なしか薄くなってきたちょうどそのとき、前方の視界が広がり、緑のふちと山に囲まれた巨大な鏡のような湖が見えた。宇曽利湖だ。湖の脇には白いトタンの民宿があり、そこに黄色い看板で「元祖イタコ」「イタコの館」と書かれた看板。これが恐山のイタコか？　と、思っていたら、バスはそこを通り過ぎた……どうも違うらしい。

やがて、湖のむこうに「伽羅陀山地蔵願王大菩薩」と筆書きされた巨大なのぼりが、風になびいているのが見えた。バスは白い砂利が敷かれた駐車場に停車する。降り立つと正面に本堂。携帯電話を見ると、電波が一本も立っていない。東京から約六時間、ついに恐山に到着した。

入り口で入山料の五〇〇円を払ってパンフをいただき、正面の総門をくぐって境内に入ると、すぐ右側にアイスクリームの販売ブースと人だかり。白い文字で「イタコ口寄せ」と書かれた、大人の背丈くらいの青いトタン看板が立っている。青いビニールシートに覆われた小屋の前で、日傘を差した人々の列に並ぼうとしたが、待てよと思い直す。時計を見るとまだ昼の三時台。まずは境内を一巡りしてからでも遅くはあるまい。

大祭とはいえ、どうもあまり賑やかな雰囲気はない。石造りの常夜灯の間を歩いていると、脇のほうに幻覚的な極彩色の塊。

近づくとそれは、積み石に供された、色とりどりの風車や菓子であった。どうやら水子供養のようだ。手を合わせて進むと、湯気に燻(くゆ)る昔の木造兵舎のような建物がある。看板には「男湯」とあった。参拝用のパンフを見ると、境内には古滝の湯(男湯)、冷抜の湯(女湯)、薬師の湯、花染め湯、四ヶ所の浴場が記されている。

どうも無料らしい。

本堂で参拝をすませ、境内の西側に向かう。地面は舗装されておらず真っ白で、ガスのせいで草木がほとんど生えていない。幼少期に遊んだ採石場を思い出す。

順路と書かれた看板に沿って歩く。見れば見るほど不思議な景色である。真っ白にハゲた、凸凹(でこぼこ)の激しい大地、至る所に積まれた小石の山。荒涼とした白い地面と、子ども向けのカラフルな供物の強烈なコントラストが、網膜に残像を残す。

背後は吹き出すガス。あたりにもっさりとした硫黄の臭い。小高い丘に登り、あたりを一望すると、眼下に、陽の光を受けて輝く浅瀬がつづく極楽浜。私はそこへ降りていく。浜には、クロックスの小さな靴や、キティちゃんのお菓子。サッカーボール。けろっぴの風船。子どものための贈り物がたくさんあった。

境内に戻り、いよいよイタコだとうきうきしながら列の最後尾に並んだ。そうして一五分ほどで妙なことに思い当たる。

……どうも最初に見た列と顔ぶれがそう変わっていない気がする……。

厭な予感を抱えて待つこと三〇分。

動かない。

まったく動かない。

一時間が経過しても、列は微動だにしなかった。

時計を見るともう五時近い。門が閉まるまであと一時間しかない。

これは……無理か。

この調子ではイタコが三倍速で口寄せしても不可能。

じっとしていられず列から離れ、外の駐車場に出てあたりを見回していると、角刈り茶髪、長渕似の若い男がタバコを吸っていた。よく見るとタクシー会社の制服を着ている。

「すいません。口寄せというのは、皆さん何時くらいから並んでるんですか？」

「イタコが？　あー、ほんどに見てほしい人さ、朝の四時がら並んどるで」

「四時……」

「今年はイタコが四人しかおらんで、そんでも難しいんじゃねが？」

朝の四時でも無理。これはもう、絶望的。

困った。

しばらく考えて、私はバスの中から見た民宿のことを思い出した。

「あそこの黄色い看板の元祖イタコはどうですか？」

「あそこも並んどるんじゃねが？」

しかし、そこに賭けるしかない。

太宰も『津軽』で云っていたではないか〝元気で行かう。絶望するな。〟と。

民宿まではタクシーで三分もかからなかった。

看板の立てかけられている小屋は民宿の倉庫だったらしく、入り口あたりにはスチール棚や農作業用具がたてかけられている。入り口の開け放たれたドアから中をのぞくと、頭に手ぬぐいを巻いた老人がひとり、祝詞(のりと)のようなものを唱え、その前で老女がうなだれている。

イタコだ！

間違いない。しかも待っている客は一人もいない。

これは……いける。

運転手に礼を云ってお金を払うと「イタコの館」の入り口に腰掛けて、前のお客さんの口寄せが終わるのを待った。大蛇のように首に巻き付けた黒い数珠をじゃらじゃら鳴らしながら、リズミカルな東北弁で詠われる祝詞。私は太宰の生年月日が書かれたメモと、小さなＩＣレコーダーを用意しながら、ふと、なにかにひっかかった。

目の前の老人は、男なのだ。

イタコってそもそも……女しかなれないんじゃ……？

一抹（いちまつ）の不安を覚え、待つこと三〇分。

私の番がやってきた。

座布団に座る。

「どこからきた」

イタコは少し日に焼け、声が枯れ、みのもんたに酷似していた。

「東京の文京区です」

「知っとるよ。おれ、しょっちゅう渋谷とかＮＨＫいくんじゃ。なんかメモしよったが、イタコの本でも出すか？」

警戒されてはいけないと云い訳する。

「いえ……本とかじゃないです」

「おにいちゃん。あのさ。イタコの云ってることわかるが？　書けるが？」

首肯する。

「うぬぼれんなっつうんだ！」

キレた！　なぜ⁉

「唱えごとなんつーのわがるわげない！　イタコの内容っていうのはイタコの弟子なんないと書けん。大学には残ってるよ？　資料が」

大学？　話が……よくわからない……。

「まあ、わたしもいちおう大学の教授だがら……」

イタコの大学教授……⁉……インディ・ジョーンズを超える新しさだ！

「いろんな本がイタコのこと書いとてけんど。あなもん、みんなちゃんちゃらおかしい。唱えごと、経文、千差万別だって。修行しなければわからん。流行歌は覚えられるだ？　三郎の歌じゃねえけど、はるばる来たで〜函館〜みたいな……あんなもんとはちがうんだあぁ‼」

またキレた⁉　なぜ⁉

なぜ、説教されているのかよくわからぬ。黙って聞いていると、今度はこっそり置いてあるICレコーダーに気づいたらしく、

「恐山の中さ行ってそげなもんで録音してたらぶん投げられっど！」

とさらに怒られる。

イタコがみのもんたにしか見えなくなってきた……。

「おれは別にいいんだ。どうぞあんたの好きなようにすりゃええ。頭ひねるのがオチだ。おにいちゃん。本職なんね？」

なんとなく嘘を吐きづらくなってきて本当のことを云う。

「小説家です」

「調理師？」

「小説家です」

いくら小説家が斜陽産業といえ、そこまで聞き間違えるだろうか。

驚いたような顔をされた。

「あぁー！　そうがぁ……ちょっと手だしでみろ。ふむ。かなり苦労するど。せっかく来たから名刺やろう……」

名刺をくれた。

「で、おにいさん。名前はなんての」

「筆名ですか？」

私も名刺を出す。

「出したくねえど思で……隠そうと思うとったか？　……ん……これで……なんて読むだ。うみ……」

「うみねこざわ　めろん　です」

「これ……名字？　かわった名字だな……めろん！　珍しい名前だなぁ！　こりゃ！　初

めてお目にかかった！」

　本名だと思われている。

「君の成功を祈りたいなあ〜。めろん殿」

「はい」

「おで、メロン食いでえな」

「……はい」

もう、なにがなんだか……。

「で、誰呼んでみるわけだ。誰かホトケ呼びたいのか？」

私は正座する足に力を込めた。

緊張の一瞬。

「ダザイ、わかりますか？」

云ってしまった。ついに。

「ん？」

イタコの眉がぴくりと動いた。

「誰？」

「ダザ……イオサムという人……なんですけど」

中東あたりの人だと思ってくれないかと祈ったがあっさりバレた。

「聞いだことあるな？」

イタコの眉間(みけん)に力が入る。イタコはしばらくじっと私の目を見つめて、無言になると溜息をついた。

「あのさ……こりはさ、前にも云うたんだけど。ああいう有名人なんてよ。簡単に呼ぶもんではないよ。ふざけるなって。記念で呼んでくれつう？　……ふざけるなぁっっっつんだあぁっ！」

またキレた！

何度怒られればいいのですか……。あとから来て並んでいるお客さんの視線が、背中に刺さる……小声でヒソヒソと囁(ささや)く声が聞こえる（あの人、ダザイですって……？）ものすごく、痛い……。

「ソノコさんならいいよ。おれ近しいから。……でも」

ソノコさん？　突然出てきた謎の名前に戸惑う。

一体何者？

どこの女学生？

鈴木その子？

「おれの近所だもの。五所川原の。亭主、誰だか知ってるか？　衆議院の津島雄二だよ。あれ太宰の婿だから、あれだって東大だよ？　出てるかわからんけど。まあ。おれ、園子近しいから」

しばらくして気づいた。ソノコさん＝津島園子。太宰の長女のことだ！

「園子さんの伯父の津島文治、国会議員やってるやろ？　うちのお祖父ちゃんと仲間だったんだよ。議員関係で」

さすが太宰の地元だ。思わぬところでつながりを発見できた。が、しかし、今はそんなことはどうでも良い。

「すいません……太宰、呼べますか」

イタコはしばらく

「うーん」

と、腕組みして顔を上げる。

「……太宰、呼ぶ？」

呼んでくれるのか!?

ほのかな期待に胸を躍らせて私は身を乗り出す。

「どうですか？　できませんか？」

「うーん……太宰治は……呼ばないほうが……いいよ。だって、出るか出ないか問題だで……」

さきほどまでの説教ムードとはうってかわって、なんとか一押しすれば行けそうになってきた。

「ちょっと、やってみてもらえませんかね？」

「おれも、呼べねえことねえだが……あれの命日わかってるが？」

「わかってます」

「何年何月何日？」

チャンスとばかりにすかさずメモを取りだして云う。

「昭和二三年六月一三日です」

「一三日？　それ発見された日でしょ」

間違えたのか？　ウィキペディアへの信頼が揺らぐ。

「え。そうなのかな……」

「そうだよ。玉川の下で発見されてるんだから。おれ、とぼけてどこまで知ってるか聞いてるだけだよ！」

そ、そうなのか。すいません。

「やめとったほうがええ。太宰治降ろしたいんなら、園子さんに電話して聞いでごらん。怒られるよ？」

すいません園子さん。

「まあだでな……まあ、めろんくんは小説家になりたいんだから。サイコーに太宰治のこと聞きたいんだろ？」

「は、はい！　サイコーに聞きたいんです！」

ただの小説家ワナビーだと思われていることが気になったが、文士にあこがれる少年の気分で必死に叫ぶ。

うんうんとうなずき、イタコは私に笑顔を向けて云った。

「もうすこし名が売れたら来い」

帰りのタクシーで運転手さんに「どうだった？」とたずねられ「いやあ……有名にならないと呼べないらしいです……太宰」と云ったら「あははは」と笑われた。さらに、「あのイタコさんってずっと昔から元祖イタコやってるってすごいですね」

「は？　あの人きたの二、三年前だよ」

「え……そうなんだ。でも元大学教授なんですね」

「いやいや、あの人、前は自衛官だよ？」

「…………」

タクシー内に沈黙が積もる。

私はタクシーの窓から見える山を、うつろな目で見つめ続けた。

追記：太宰の命日は一三日で合っていた。


（文藝春秋／「文學界」／「アウトサイドレビュー　恐山」／二〇〇九年九月号）

毛

文筆業の毎日と云うのは屹度(きっと)、誰も似たり寄ったりで、昼過ぎに起きて飯を食ってダラダラして、日が暮れるころからなんとなく仕事を始めて明け方に眠ると決まっているのですが、このような生活をしていてなにも困らないのがこの仕事の良いところで、自堕落(じだらく)をしたいからこのような仕事を選んだわけであって、立派なことやら小難しいことや努力など、なにひとつしたくないのです。

そのうえ、毎日同じこともしたくなければ、ちがうこともしたくない、要するにひとことで云うと、なんもかもがめんどくさいのです。すべてがめんどくさい。息をするのもめんどくさい。死ぬのもめんどくさいので、なんとなく生きていますが、ほんとのところそれもめんどくさい。かといってべつに絶望して世を拗ねているわけでもなくて、昼はたまに散歩してやあやあと知らない草とか魚に楽しく話しかけたりもします。

猫とか犬は排他的で、夜中になれば集会をしていて仲間にはいれないので、仕方なく人間とも話します。もし、このような生活をとりあげられたとしても、まあそれなりにめんどくさいと云いながら生きていくのですが、そんな生活のなかでも、ちょっとした悩みはあるのです。それは抜け毛です。端的に云ってハゲについてです。

私は今年、三五になりますが二〇代前半から半ばのサラリーマン時代より、髪が気になって仕方ありませんでした。気にするたびに激しく抜け毛が増え、髪質も硬く太かったものが柔らかく細くがらりと変わって額が広くなってきました。たびたびつまる排水溝を掃除しては恐ろしいまでの抜け毛群に戦慄し、日に日にM字にハゲていく額をながめ、そうかこれが老いの恐怖なのかと悲しくなるばかり。老子は自然のままで作為のないものを「無為」と云いましたが、しかし、ハゲ散らかすがままにするのも無為であれば、老いに逆らう自然なる心性もまた無為なことではないでしょうか。

そんなわけで私は一念発起し、徹底的にハゲに抵抗することにしたのです。薬局へ向かい、なけなしのお金で毛生え薬と高級シャンプーを購入しました。しかしながら何ヶ月経とうとも劇的な効果は現れません。新発売のリアップもむろんすぐに試しましたが、これもまた、いまひとつ効果が現れません。そのうちなんとなく飽きてきて、育毛のこと自体を忘れたのですが、その途端に抜け毛が減りました。つまり、気にするあまりストレスのループに入っていたのです。

そのうち生活の慌ただしさに紛れてハゲのことはどうでもよくなりました。しかし、二〇代後半、忘れていたころにまたハゲは襲いかかってきました。今度は以前よりも深刻なストレスです。仕事をやめ文筆業を生業にしはじめた頃でしたから、自宅でただ文字を書いているだけで、昼夜もなく、しかも特にたくさんの依頼があるわけでもないので、ひとつの仕事に悩みながら、ああでもないこうでもないとドロドロになって下手くそなものを書いて自己嫌悪になり、希望はなく、お金はなくなり、家はなくなり、そして髪がなくなってきたのです。

私の頭髪は前方からすだれのようにスカスカになっておりました。この時にはすぐに病院に行きました。そう、今CMでもやっているAGA（薄毛治療）です。皮膚科に行くと診察後に「プロペシア」という錠剤が処方され、これを飲むことによって抜け毛が止まるのです。

すぐさま完治――かと思いきや、まったく私の頭髪のすだれ化はおさまるところを知りません。そのうち遊びに来た友人が仕事中の私の姿を見て「あ！」と驚いた顔をしました。

「……じ、自分で抜いてる！」

なんと、私はストレスのあまり、自分で自分の毛をむしっていたのです。椅子の周りには、カット終了後の美容室の床なみに毛が落ちていました。なぜ気づかなかったのかさっぱりわかりません。こうしてハゲの恐怖の第二波をも乗り切った私ですが、むろんこれでは終わりません。三〇代に入ってから、恒常的に髪が薄くなってきたのです。今回は外的要因やストレスではなく、おそらく年齢によるものなので、抗う術がないかのように思われますが、むろんそんなことではあきらめません。中国は明の時代に書かれた漢薬の定番『本草綱目』をあたると、髪は血流に関係するということで、毎日のマッサージを怠りません。同時にプロペシアも使いたいところですが、プロペシアの処方代毎月五〇〇〇円は厳しい。そこでインターネットです。インドにはプロペシアのジェネリック「フィンペシア」というものが存在します。これはなんとコストがプロペシアの三分の一以下なのです。

これを輸入し、毎日摂取します。副作用で性欲が減退するという話もありますが、おりもしない子孫より、いまある自分の髪のほうが大切なのです。食事もなるべく菜食寄りにして、運動も欠かしません。夜は成長ホルモンが分泌される二四時〜二時くらいまでには必ず寝ます。

そこまで努力しているというのに、私の髪はここ数年ますます細く、薄くなってきているような気がするのです。いや、確実に薄くなってきている。絶対に。確かめなくては気が済まない。確かめよう。みなさん、自分の髪の毛が何本あるかご存じでしょうか。髪の毛の数え方というのにはいろいろありますが、私が考案した海猫式というのをみなさまに伝授したいとおもいます。

まず、頭髪の右もしくは左半分を輪ゴムでいくつかの房に分けてしばり、その束を家族や親しい人物に数えてもらいましょう。大変時間がかかりますが。数え終わったそれを二倍すればおおよその本数はわかります。ちなみに私の髪は一二万五二六四本でした。ふつう成人男性ですと一〇万本と云われておりますので、なんと私の頭髪は平均より多いということになります。しかし、私は騙されない。それは数字の罠です。私の頭髪は後頭部に密集しており、あきらかに前方が薄いのは自明だからです。つまり数えても別に意味はないのです。だったらなぜ何時間もかけて数えさせたのだと友人に激怒されましたが、ただやってみたかったのです。

さてそのような葛藤に苛まれる私ですが、その一方で脱毛サロンなどというところにも行っておりました。すね毛を減らしたかったのです。そこではお姉さんがフォトニックレーザーという最新科学の粋を集めて毛根を焼き殺しておりました。レーザーで生物を殺すなど、SFの世界でしかないと思っていましたが、その様を目の当たりにしますと科学もここまできたのだなあと感慨深げになります。私は、身体の下で毛を殺し、上で毛を育てているわけで、人体の中で同時に生と死が混沌として混じり合っているさまは命のダイナミズムをかんじさせますが、やっていることはレーザー脱毛と毛根マッサージです。現代はあらゆるものが電子化されていく時代ですが、髪の毛は今も昔も電子化されません。困ったものです。ツイッターのようにユルいつながりで髪の毛をつなぎとめて欲しい。集合知のように細い髪を束ねて太くしたい。けれどそれはできません。なぜなら髪とインターネットは一ミリも関係ないからです。そういったわけで毎日、順調に髪は薄くなっておりますます。憎しみは膨らむばかりです。まあ、めんどくさいのでどうでもいいのですが。

（タバブックス／「生活考察」vol.1／「めんどくさいしどうでもいい」／二〇一〇年）

金

金がない。だが、なにもしたくない。

熱帯夜の続くこの毎日に気づけば今年もはや七月、後半戦に入っておりますが、現在、私はとても貧乏です。どうしたことかと思いますが、よくよく考えてみれば、あまりにめんどくさいので今年は仕事をまったくしないでいたため、半年間の収入は二〇万ほどです。これでは貧乏になる道理です。もともと少ない貯金もそろそろ底を突いてきたところですが、だからといって、やる気を出すつもりは微塵もありません。なぜなら、人には信念というものがあるからです。私の信念は「めんどくさいことをしない」です。

古今東西の成功哲学や偉人伝などを読むと、まず間違いなく「信念」を持つということの重要さが説かれております。これは私も賛成です。信念というのは一貫性を保つためのシステムです。一貫していると、他人の信頼を得やすくなります。信頼を得れば人がついてきます、人がついてくると仕事を頼まれます、仕事をするとお金がもらえます。おわかりでしょうか、世の中に蔓延（まんえん）するこの理屈でいけば、私が信念を持って、なにもしないことをすることによって、私はいつかお金持ちになれるはずなのです。でなければ、この世の中が間違っているということになります。

「めんどくさいからなにもしない」ことは、エコです。誰にも迷惑をかけません。なのにあまり推奨されません。なぜでしょう。問題はこのめんどくささが「現在の自分」から見た面倒くささであることです。ここには「未来の自分」に対する投資の観点が抜けているのです。ゆえに「めんどくさいからなにもしたくない」という「現在の自分」の欲望を通していると、「未来の自分」への投資を怠ることになり、自分という商品の価値がどんどん低下していくのです。要するにこれは、今やらないと大人になったとき困るぞ、というお決まりの説教です。

　しかし本当にそうでしょうか。自分の価値とはそれほどまでに簡単に設定可能なものでしょうか。確かにデータマイニングや絶対計算、金融工学など、今の時代の流れを見ていると個人の人生が投資対象になってもおかしくないと思えます。ほとんどの物事の予測はデータが増えれば増えるほどどんどん精度が上がっていくでしょう。人間だけがその中で例外だという考えは傲慢です。つまり、人間が数値化できるというのは正しい。しかし、あらゆる商品と同じように、数値化しても個人の未来を完全に予測することは不可能です。全体としては予想できるが、個別の振る舞いをコントロールすることは難しい。そんなことは当り前です。つまり「今やらないと大人になったとき困るぞ」という大人はそんな当り前のことを忘れて、あなたに間違ったことを云っているのです。

　無論、これはただの屁理屈です。小学校の時、九九やひらがなを覚えなかった人は想像を絶する苦労をするでしょう。しかし、それもまたただの想像にすぎません。それすらもやはり現在の自分から見た不幸であります。別にここで相対主義やいろんな物の見方を提示したいわけではありません。むしろ逆です。そんなものは存在しません。真実は一つであり、ものの見方も一つなのであって、真に相対的なものなど存在していない。それがあるというのは幻想である。どこに本当に相対的なものがあるというのでしょう。「相対主義なる絶対」を振りかざし、相対主義を逃げ場にして問題を先延ばしにしていていいのだろうか……というような悩みはあまり意味がありません。なぜなら死ぬからです。人は無限に問題を先延ばしにできません。死ぬからです。終わりがあるからです。相対主義的なループ思考は肉体がある限りいつかは終わります。安心してください。古代ギリシャにはピュロンという懐疑主義を貫いて死んだ哲学者がいたそうですが、それ以後、似たような思考を貫いて死んだ人の噂はとんと聞いたことがありません。むしろその話も嘘かもしれぬ。そう懐疑させることが狙いだとしたら見事ですが。

そういうふうに考えて楽になると、だいたい人は働いてしまいます。この世界では、どうやら人間は元気に欲望を持つと必ず働くはめになるようです。

「金持ちになりたいのでお金を稼ぐぞ！」→だから働かねば。

「ナメられたくないからエラくなるぞ！」→だから働かねば。

「チヤホヤされたいから有名になるぞ！」→だから働かねば。

しかし人類は心の底で働くことにうんざりしています。なぜなら本当はそんなことしたくないからです。「嘘だ！　ぼくは働くことに喜びを覚えている！」などという人はよく考えてみましょう。果たして本当にあなたはそんなことを求めているのでしょうか。よく考えましょう。本当はなにもしたくないのではありませんか？　使命感？　だいたい単なる思い込みです。義理？　なんですかそれは。人は一人です。人情？　すいません感情が薄いものでわかりません。家族？　しょせんは他人です。他者承認？　他者などというのはあくまで自分のなかに存在する幻にすぎません。熟考してください。あなたの本当の欲望はなんでしょう。

　さて、あなたのことはあなたに任せます。正直に熟考した結果、私はなにもしたくないことに気づきました。なぜなら、めんどくさいからです。私のようにボンヤリと矮小で卑しい生を生きていると、死ぬだの生きるだの立派なことは、どうだって良くなってきます。そんなことより「めんどくさいのでなにもしたくない」のです。いわゆる普通の——いい服を着て、いい女を抱いて、いい飯を食って、いい家に住み、富と地位と名声を手に入れる——そのような欲望がわからない。なぜそんなものを欲しがるのでしょうか。わからなすぎて一度くらいはそういうものを求めてバリバリと俗世にまみれるのもいいかも知れないと思い、いろいろやってみたものの、やはりめんどくさい。いい服を着てもしょせん布です。いい女も五〇年経てばみな同じです。飯など空腹ならなんでも旨い。家は火をつければ燃える。富や地位や名声などを得たら、いろんな人がひっきりなしにやってきて面倒くさいことこの上ない。なぜ好んでそのようなことをするのか？　こう考えるとベストオブ人生は、無人島生活や、ひきこもってネトゲエロゲ三昧……などではなく、とりあえず生まれたらすぐ死ぬことでしょう。死んでしまった人はある意味、とても幸せだと思います。最近では、仏教においても死は穢れではなく自然なことであると考え、清めの塩を使わない、ということが盛んのようです（単なるマメ知識です）。

ここのところの私は信念を貫き、なにもせず毎日ほとんど寝ているか瞑想しています。こうした瞑想などをしておりますと、ときおり奇妙なものが見えたり感じられたりしますが、それをもって超能力だの悟りだのと、出家したり宗教に目覚めたり、愛を説いたりするのはよくある人類の悪しき習慣です。完全に愚行としかいいようがありません。何が起きても絶対的完全無視です。なぜなら私の信念は「めんどくさいからなにもしないこと」だからです。善行も悪行もそれなりにめんどくさいことを引き起こします。愛などもってのほかです。カート・ヴォネガットが云うように「親切」くらいなら良いかも知れません。ですが、可能ならむしろそれもしないことが推奨されます。そのためにはなるべく摩擦を避けて、人と関わらないように、最小限の労働力で、心を捨てて、効率計算マシンのように生きるのがいいと思います。むろんそれが面倒なときは「めんどくさいことをしない」という信念を貫いてもかまいません。

私はお金がなくなろうとも、ちっとも悩んでおりません。困ったときは借金です。ただ、ご返済を計画的に考えることが面倒です。Twitter のワンクリック募金やアマゾンアフィリエイトやグーグルアドセンスなどを駆使して乞食のように小銭を集めるのが楽で良さそうです。最終的には自己破産という手もあります。しかしながらいつの時代も信念を貫くのは難しい。そんなわけで、ついついこうした文章を書いてしまったりもするのです。ま

あ、めんどくさいのでどうでもいいのですが。

（タバブックス／「生活考察」vol.2／「めんどくさいしどうでもいい」／二〇一〇年）

忘れられない一冊

「今おむつ履いてるんだ」

喫茶店に入って私がクリームソーダをふたつ注文するなり、暗い声でKはそう云った。

Kは友人の弟で、高校を中退して仕送りで暮らすニートだった。本と映画と音楽が好きで、何度となく会ううちに親密になり、よく話をするようになっていた。

「今から公園のトイレで死のうと思うんだけど。でも、そしたら清掃に来たおじさんとかに迷惑かかるじゃん？　死んだら括約筋緩むし。だから、おむつ履いたほうがいいかなと思って」

思いやりの心に感心して、うーんと唸り、私は、運ばれてきたクリームソーダに口をつけ、渇いた喉を潤(うるお)し、火照(ほて)った身体を冷まし、それからため息を吐(つ)いた。

「俺も死のうかなあ……」

私はその頃、本は書けないわ、仕事はないわ、株で全財産をほとんど失うわ、彼女にフラれるわ、よくわからない状態だった。わけがわからないので、借金して毎日家でアニメを見てゲームをしていた。とりあえずはうまい晩飯でも作ろうということになり、Kと店を出た。

死にたい人間に生きろと云うのは、痛みに苦しんでいる人間に治れと云うのと同じで、まったく何の意味もない。できることはなんとなくメシを食ったり、ぼーっと散歩することくらいなのだ。

スーパーで夕食の材料を買ったあとの帰り道、Kが古本屋の前で立ち止まった。

「こないだここでベクシンスキーの画集買ったんだ」

「マジで？　ヤバくね？」

ベクシンスキーの画は、噎(む)せ返(かえ)るような死の匂いに満ちあふれている。乾涸らびて皮の伸びた男女の死体、渇いてひび割れた大地、びっしりと血管の浮き出た廃墟……。おむつを履いている人間には、決して見せてはならない類(たぐい)の画だ。

「ヤバくないよ。よく見るとすげえ綺麗なんだよ」

彼はうっとりとした顔でそう告げた。

夕食はスキヤキを作ってふたりで食べた。

それからしばらくして、Kは元気になって社会復帰し、三年ほど漫画喫茶で仕事をしたが、ほどなくしてこの世を去った。

（朝日新聞出版／「週刊朝日」／書評欄／二〇一一年九月二日号）

私のこだわり

1　目薬

云うまでもなく「こだわり」などというものは悪なのである。悪に決まっている。英語で、小さなことにこだわるな、というのを"Don't get bogged down in small matters"というが、この"get bogged"というのは、まさに「泥にはまる」という意味である。日本でも「拘泥」という言葉があるように、物事の一面的な部分に囚われて視野狭窄（しやきょうさく）に陥るのは、どこの国の人間であろうとも唾棄（だき）すべきことなのだ。

とはいえ、どれほど足元に気をつけていても、紳士であっても、泥にはまるときははまってしまうもので、冷静沈着な天才たるこの私にもこだわりはある。最近のこだわりは目薬だ。執筆中のこの瞬間、ふと見渡せば机の上には白赤青黄碧……五種類ほどの目薬が散らばっている。階下に降りてキッチンの冷蔵庫を開ければ、そこには二ダースほどの目薬が冷やされ、トイレ、台所、リビング……さながら猫避けペットボトルの如く、あらゆるところに目薬が装備されている。というか……今、確認してゾッとした……異常かもしれない。いつ、こんなにも目薬を買ってしまったのだろう……おかしい。そうだ。あれは確か、レーシックの手術をしてからだ。ドライアイが酷くなり、薬局に行くたびに新発売の目薬を片っ端から購入していたのだ。

これではいかん……こんなにも目薬はいらん。そう思い、私は目薬のリストラを敢行した。ロートZi、FX、メディカル10、AZ、アイボントローリ目薬、アスパラ目薬クールIC……ああ面倒だ。まとめて捨てよう。

で、結局残されたのは無添加のソフトサンティア、ヒアルロン酸配合ヒアレイン、新薬のジクアス、そして寝る前の養潤水（ようじゅんすい）この四本である。こだわらなくともこれだけで事足りる。

2 枕

寝るのが好きだ。

私のベスト睡眠。それは、真冬に二日間眠らずバイクを運転して、山で転倒事故を起こしてずぶ濡れになり、血まみれで二倍ほどに膨れた右足をひきずりながらなんとか家に帰ってきて、風呂にはいってから家の鎧戸（よろいど）を閉め切って暖房をかけてベッドに倒れ込んだとき。あれが最高の眠りだった。死のような静寂と暗黒、そして生まれ変わったような、あの、すさまじい覚醒感。

しかし、残念ながら、ここのところうまく眠れぬ。目薬をリストラしたところで、就寝前に軽く読書をして目薬をさし、いざ眠ろうと思ったのだがどうも気分が悪い。枕がだめなのである。数年前から、起き抜けに悪夢ばかり見るようになった。それになんだか頭が鬱血(うっけつ)しているような気がする。これはいかん。大変だ。枕というのは夢への門。高さ、素材、硬さ、この三つの要素と、個々人の身体との絶妙な調和。それをもって天国もかくやと思われる安眠への門が開くのである。

枕元には厳選された予備枕が三つある。蘭草(いぐさ)、テンピュール、羽根である。使っていた綿枕を外し、まずは蘭草を使ってみる。うむ……これは夏には良かったのだが、秋から冬にかけてのこの時期にはちょっと合わぬ。却下。テンピュールはどうか。うむ……今日はテンピュールという気分ではない。却下。最後は羽根枕か……どうも高さが気に入らない。うむ……階下にパイプ枕があったはずだが、あれを使うか。

数分後、パイプ枕を使った私はなんとか眠ることができた。翌朝、目が覚めると枕がなくなっていた。どうやら邪魔だったので寝ているあいだに外したらしい。いろいろと工夫した結果、タオルを四ツ折りにしたものが最良であるということが判明した。世の中のタオルはすべて枕だった。

3　育毛

こだわりなどない、と思っていたのだが、書いているうちに、並々ならぬ情熱を注ぎ続けているものがひとつだけあることを思い出した。それは育毛である。

育毛をはじめてから二〇年になる。二〇年前といえば、まだ高校生である。三〇代あたりから頭髪が薄くなってきて慌てているそんじょそこらの素人中年とは年季がちがう。なぜ育毛に目覚めたのか？　……思い出してみたのだが、奇妙なことに、きっかけがまったくない……。当時の写真を見ても、別にハゲていなければ薄毛でもない。何らかの強迫観念なのだろうか（今も続いている）。

全寮制の男子高校生だった私は、まずシャンプーにこだわった。排除すべきはリンスinシャンプーである。あれはヤバい。リンスもシャンプーもヤバいのに両方が混ざっているなんて……頭皮にかかる負担がハンパない（はず）。そう思い、自然由来の泥シャンプーなどを愛用していた。さらに風呂上がりには「サクセス」だ。高校生らしからぬオッサン臭が漂うが、男子校なので問題ない。日中は日焼けも危険だ、必ず帽子を着用した。髪型は本来ならば丸坊主が良いのだが、それはあまりに恐ろしすぎる。なぜなら、切ったが最後、二度と生えてこないかもしれないではないか。

そんなこんなで、現在も私は育毛を続けている。「プロペシア」は高いのでジェネリックを輸入して飲み、タバコも酒もやらないし、夜更かしもしない。髪の毛は伸ばしている。波平ばりに毛髪が、残り一本になろうとも、このこだわりを捨てる気はない。

（KADOKAWA／「本の旅人」／二〇一二年一月号）

ゲーミフィケーション

薄暗い土蔵でひっそりと暮らすのが夢だ。
朝も夕もなく暗い妄想に耽（ふけ）りながら、本に囲まれ、澱（よど）んだ空間で漫画やアニメを楽しみ、飽きたら近所を散歩して鯛焼きやコンビニのおでんを買い、神社の境内で食べる。そんなささやかな毎日を送って死にたい――。人生など、死ぬまでの暇つぶし。他人にどう見られるかとか、世間に何を云われるかだとか、そんなことを気にするのは馬鹿馬鹿しい。正論やお為（ため）ごかしをほざいてばかりで、糞を食らって生きていることに気づかぬ畜生どもを黙殺し、惰眠（だみん）を貪（むさぼ）っている私は、イチローや松井以上に輝いている。

そんな私、海猫沢めろん（三六歳、男子、文筆業）の収入源は原稿料なるもの。カタカタと適当にキーを叩いているだけでお金になる。だがしかし、私は働きたくない。なぜなら面倒くさいからだ。もし心臓を動かすのが手動だったら即座に死を選ぶ、なぜなら面倒くさいからだ――そう断言できるほど、ものぐさな男なのだ。そのようなものぐさスタンスを貫いて生きていくとどうなるか……当然ながらお金がなくなる。たとえ家賃が三万、完全自炊。酒、煙草、珈琲、ギャンブル、すべてに興味がないそんな人間であっても、ここ日本での生活は大変だ。困った。大人しく原稿を書けばいいのだが、それが仕事だと思うとまったくやる気が出ないのは不思議だ。なんとか仕事を楽しい遊びにすることは出来ないものか……と思っていたら、奇しくも世間で「ゲーミフィケーション」なるものが話題になりはじめた。

ゲーミフィケーションとはなんぞや？　それは、「ゲームのシステムをゲーム以外の分野で使おう」という発想である。先日とあるニュースサイトで、研究者が一〇年がかりでも解けなかったタンパク質の三次元分子構造を、「Ｆｏｌｄｉｔ」というゲームのプレイヤーたちが数週間で解読した、という記事が流れた。この「Ｆｏｌｄｉｔ」というのは、ワシントン大学の計算機工学部と、バイオサイエンス学部の共同開発によって制作されたオンラインＰＣゲームだ。モニターに表示された、からまった毛糸のようなものをほどいていくパズルゲームだが、この毛糸みたいなものが、実際にあるタンパク質構造なのである。さっそく私もダウンロードしてプレイ。３Ｄで作られた珊瑚(さんご)の枝みたいなものをぐねぐねといじり回していると得点が入り、次のステージへ（お、面白くない……）。なるほど、プレイヤーはゲームを楽しむと同時に、現実の解析作業もやっていることになるようだ。

世界をゲーム化しようとする企(たくら)みは、至る所で増えている。オランダの空港では、男子トイレの便器にターゲットマークを描き、汚れを減らすことに成功。日本でも、とある公園にスロットマシンのようなゴミ箱（空き缶を入れるとスロットが回る）を設置。周辺の空き缶ゴミが一掃された。中でも一番注目されているのが、ジェイン・マクゴニガルというゲームディベロッパーが、世界銀行と共同で開発した「Ｅｖｏｋｅ」というゲーム。これは、現実の問題――例えば貧困、エネルギー、格差、差別など――をゲームで解決することを目的にしており、成果も出している（詳しくはこの人の著書を）。

しかしこれ、いまさらという気がしなくもない。二〇〇〇年ごろからマーケティング分野では「ゲームベースドマーケティング」というものは存在しているし、手前味噌ながら、私も著作『ニコニコ時給８００円』（集英社）で、これに近いことを描いている。本書では最終章にひとりの天才（バカ？）が現れるが、彼は現在の資本主義の原理に嫌気がさしてドロップアウトし、人が勝手に楽しんで働いて、なおかつ社会が動くシステムを夢想している。この章はゲームプレイワーキング（ＧＰＷ）という考え方を下敷きにして書かれているが、これはエンジニアでもあり研究者でもある鈴木健さんが以前から提唱していた思想である。ゲーミフィケーションは主に「仕事のゲーム化」で、ＧＰＷは「ゲームの仕事化」に重点をおいているが、この二つはかなり違う。前者は葡萄踏み、後者はマトリックス（ヒューマンコンピューティングとも云う）、と考えてもらえばわかりやすいだろう。葡萄踏みは、面倒くさい作業を音楽に乗って踊ることでゲームに変える。ところが後者の場合、ゲームをやっていると思ったら、知らないうちに仕事をしていた……という結果になる（先述の「Ｆｏｌｄｉｔ」）。これは、ファミレスの椅子を硬くして客の回転を速めたり、モスキート音で深夜たむろする若者を排除したりする「環境管理型権力」と云われるものと非常に相性が良いため、導入は慎重にという声が多い。

が……たとえ危険でも、私のようにものぐさな人間にとってはゲーミフィケーションは福音である。社会全体に適用しろとはいわないが、希望者にはすぐ適用してほしい。数時間プレイするだけで小説が完成するゲームの登場を切に願いながら、今日もまたなんとなく惰眠を貪る。

（集英社／「青春と読書」／「土蔵」第一回／二〇一二年三月）

なつかしい未来

初めて来たはずなのに、なつかしい場所がある。

先日訪れた熊本市がそうだった。駅を出た瞬間、地方都市にありがちな閑散とした風景に憂鬱（ゆううつ）になったものの、路面電車に乗って中心地に近づくにつれて町並みが活況を呈す。私が知っている地方都市とは、いい意味で設計がちがう。海外の都市では、渋滞を避けるため、あえて郊外に車を停めさせ、バスや路面電車で都市部に人を誘導するパーク&ライド方式というものがあるが、駅のまわりにすべてを集約するのではない都市設計、という意味で近いものを感じさせる。

熊本城に近い繁華街に入ると、他の地方都市と同じように大きなビルが立ち並ぶ。だが、少し裏に回れば、通りには古民家や看板建築も残っている。そういえば、路面電車も床が木張りの旧車輛であった。どこか昭和の東京を思わせるレトロモダンな風景だ。熊本在住のアーティストSにその話をすると、曰く「熊本人はプライドが高く、簡単に近代化に迎合しない気概がある」とのこと。確かに都市から強い思想を感じた。

私の生まれ育った、兵庫県のとある町は典型的な地方都市だった。ビルが立ち並ぶ中心の駅から離れるとすぐに殺伐とした景色が目に付く。人のいないドライブイン、産業廃棄物置き場、荒れた田畑、センスがない建築物、わけのわからないモニュメント、自己満足の郷土自慢。あらゆることが中途半端でつまらない東京のデッドコピー。それが悪しき地方都市であり、思春期の私が暮らした町だ。

そんな私が理想としていたのは昭和初期の東京、まさに路面電車が走る帝都だった。上京してはじめてやったことといえば、その面影を残す都電荒川線と東急世田谷線に乗ること。単なるノスタルジーではない。なぜなら私のそれは、歴史の中にあるものではなく、小説や漫画などの創作物から受けた、架空の東京のイメージだったのだから。つまりは、『ハリー・ポッター』を読んで英国に憧れるようなものだったのである。都市はイメージの力によって人を引き寄せる。私が文筆業を続けられているのは、頭の中の「帝都」に自分が暮らしている、というイメージのおかげだ。イメージは、現実に生きる人々に力を与える。だが、現代の東京にはそのイメージが、ファンタジーが圧倒的に足りない。とりあえず町をすべて爆破して昭和初期の風景に造り替えてもらいたいところだが、まずは足がかりとして、熊本のように、東京も都心部に路面電車を走らせてはどうだろう。

路面電車復活、などというと単なる懐古趣味と一笑に付されるかも知れないが、それはまったくの誤解である。都市の交通に路面電車を取り入れるのはエネルギー効率や環境問題の観点から考えても合理的なのだ。むしろドイツや中国などでは、ガソリンの高騰や渋滞などの理由から車ではなく路面電車（ＬＲＴ――軽量軌道交通（Light Rail Transit））を推進している。低床で障害者や高齢者にも優しいので、日本ではなおさら導入する理由がある。

……などと思っていたら、なんと銀座で四七年ぶりに路面電車がよみがえりそうだというニュースを聞いた。中央区が予算を計上しており、二〇一八年を目処に、銀座～晴海にかけて路線を建設する予定らしい。

映画「ALWAYS 三丁目の夕日」は、最新の映像技術を使って古い昭和の町を蘇らせた。モノクロ写真でしか見たことがないような建設中の東京タワー、舗装されていない道路……新しい技術によって作られた古い世界には、奇妙な新しさがあった。

いまや経済成長が無邪気に信じられていた時代は過ぎ去り、ゼロ成長の定常型社会も視野に入ってきた。いかにも未来に見える未来は、すでに過去の想像力なのかも知れない。

（集英社／「すばる」／二〇一二年三月号）

AR

薄暗い土蔵で蟲（むし）のように暮らしたい。

なのに今、私の耳元では、ラーメン屋のチャルメラにしか聞こえないイスラム風の歌が大音響で鳴り響いている。クーラーをつけているにもかかわらず、ほのかにパクチーの薫りが漂う部屋は猛烈な熱気に包まれている。

突然だが、ここはインドネシアの首都、ジャカルタである。早く日本に帰りたい。冬の寒さに震えながら、なか卯の鴨南蛮うどんが食べたい……。そう思いながらホテルの一室でキーを叩いている。なぜこんなところにいるのか――きっかけは三日前のことだ。

友人の紹介で「運び屋」のバイト面接に行った。私は信念を貫くとか、ひとつのことを極める、とかいったことが大嫌いである。そんなことは脳が硬化した老人に任せれば良い。計画や未来など知ったことか。思いつきで行動する。

「英語はできますよね？」

「はい（アルファベットなら完璧だ）」

「海外旅行はされるんですよね」

「はい（確か一〇年以上前にした）」

「明日でもいいですか？」

「はい（予定があったような気がするがどうでもいい）」

「ならお願いします」

なんの問題もなくトントン拍子に話は進み、今に至る。当然だがジャカルタに到着した瞬間に後悔した。言葉が通じないのである。荷物の受け渡しもジェスチャー。すべてが敵に見える。胃が痛い。こういうときこそスマートフォンで情報を集めたいところだが、Wi-Fiがつながらないとパケット代が恐ろしくて使えたものではない。なんとか引き渡しを終えてタクシーに乗ったもののさっそく騙され、七二万ルピア（約七〇〇〇円）をぶんどられる（相場の約一〇倍）。そんなわけで私は今、異国のホテルに引きこもり、乱歩を読んでパソコンで原稿を書くという状況にある。

この国に来たのは初めてなのだが、町が猥雑でとにかくギラギラしている。私のような陰気な人間にとっては非常に苦痛である。眼下には渋滞の道路、すし詰めのバス、建設途中のビル、廃墟、イスラム様式の建物。行き交う男は日に焼け、女は頭から布をかぶっている。疲れて部屋のベッドに寝ころぶと、ふと、ガラス張りの窓に「KIBLAT」と書かれた赤い矢印のシールが貼ってあるのに気づいた。遠目には空中に矢印が浮かんでいるようにも見える。なんだろうと思い考えてみる。もしかして、メッカの方角だろうか。ふと、これはARっぽいなと感じた。

ARというのは「オーグメンテッド・リアリティ」の略で「拡張現実」と訳される。これはテクノロジーを使って現実の環境に情報を付加する技術のことである。『ドラゴンボール』のスカウターを想像してもらえばわかり易い。携帯のカメラを通して風景を見ると、その場所に関する情報が表示されたり、まさにこの「ＫＩＢＬＡＴ」と書かれたシールのように、空中にマーカーが見えたりする。ＧＰＳの位置情報やＱＲコードなどを読み取って３ＤＣＧを表示させる方式が主流で、たとえばＩＫＥＡでは、カタログについているＱＲコードを読みとると、画面に３Ｄの家具があらわれ、実際にカメラを通して見た自分の部屋に、その家具を置くことができる。熱海では「ラブプラス＋」という恋愛シミュレーションゲームとコラボして、観光名所に行ってＱＲコードを読み取ると３Ｄの美少女が現れて記念撮影ができるというイベントも行われた。最近では車のフロントガラス自体にナビゲーションを表示させる研究も進んでいる。わざわざカーナビの画面を見ずとも、フロントガラスに矢印が出てくれれば確かに便利そうだ。

ＡＲ技術を通して我々が世界を見るとき、それまで強固であった「現実」と「非現実」の垣根は曖昧(あいまい)になる。カメラ、ガラス、フィルムなど、フィルタ一枚通すだけの単純な手法によって、世界の見え方がいくらでも、劇的に変わってしまうのだから。こうしたところから、ＡＲは「現実の読み替え」「現実の複数化」という面が強調されるのだが、しかし、ＡＲとは「ちょいのせ」であると説明するほうがわかりやすいかも知れない。ＡＲの基本は、あくまで元ある景色のアレンジ――云ってみれば、見慣れた景色がいつもと違って見えたり、いつもの風景になにかが＋αされるというもの。たとえば冬の朝、雪化粧された通学路。災害で壊れた駅前。花見シーズンの桜並木。いつもの見慣れた日常風景を知っているからこそ、その変化に驚くことができるのだ。そんなわけでＡＲは、いつもの白いごはんに食べるラー油をのせたりする、「ちょいのせ」感覚に近いと思うのだがどうか。

さて、問題の矢印だが、調べてみると案の定、メッカの方角を示すマーカーらしい。イスラムでは一日に五回の礼拝が義務づけられているため、このマーカーはとても重要だ（ちなみに宇宙空間でのメッカの方角は本人に任されている）。そういえば眼下の広場ではその方角に人が礼拝をしている。建物もそっちの方角を向いてつくられているものが多い。単純な発見で、さっきまでとは、景色の見え方がすこし変わった。これもまた一種のＡＲ的効果だろうか。気分を入れ替え、明日は楽しく観光して現地の人々とアットホームな触れあいをしてみるか……そんなことを考えつつ微睡（まどろ）みに包まれる。

二日後、私はホテルから一歩も出ることなく帰国した。

（集英社／「青春と読書」／「土蔵」第二回／二〇一二年四月）

掃除

春。薄暗い土蔵で苔のように静かに暮らしたい季節である。

昔は花粉のことを考えると気が滅入り、剃刀(かみそり)で鼻をそぎ落としたくなったものだが、昨今では新薬が効果覿面(てきめん)。ところが、今年に限ってくしゃみが止まらぬ。そう云えば、放射性セシウムが付着した花粉が首都圏を襲撃と云う噂が……心を落ち着かせるため、部屋の掃除を始めてみる。どうせならこの機会にきっちり掃除をしようと思い、巷(ちまた)で流行の掃除本を買ってみた。

それはただの片づけ本ではなかった。全力で片づけに取り組む情熱が全ページに横溢(おういつ)、その結果、人生本でもあり、実用書でもあり、スピリチュアル本でもあるという分類不能の書物として完成されていた。曰く、掃除をすれば部屋が綺麗になる。おまけに心がスッキリする。そのうえなぜか人生まで上手く行くと云う。掃除法そのものは非常にシンプルで「部屋にあるものを触って、ときめかないものは必要ないので捨てる」。これを実践すればリバウンドゼロで片づけが可能になると云う。なんと云うシンプルさ。だが、判断基準がときめきにあるなら、世の主婦たちの多くはまず夫を捨てるハメになるのではないだろうか。そんなことできるわけが——と思いきや女性誌の広告見出しに「人生の断捨離、一番捨てたいものは夫です」と云う文字。確かに夫を捨てれば人生は変わる。しかし……。

掃除をすると人生が変わる。この教えは連綿と語り継がれている。少し前にヒットしてドラマにもなったのは「トイレには女神様が住んでいて掃除するといいことあるよ」と、おばあちゃんに云われてがんばる少女の歌だったし、ある大物お笑い芸人が、唯一やっていた善行は浅草芸人時代のトイレ掃除だと云う。私の通っていた全寮制男子高校でも、ほぼ毎朝「心行」と云うものが行われていた。これは雑巾（ぞうきん）を持って在校生全員が体育館に集合し、ワッショイワッショイと絶叫しながら頭を振り乱し、バリ島の民俗芸能「ケチャ」にも似た熱狂に包まれながら床を磨くと云うもの。毎日、何人かが卒倒する過酷な掃除である。さらに寮に帰ると寮内心行と云うものがあり、大、小便器を磨かされる。しかも素手でだ。真冬に手が切れるような冷たい水で便器を擦り続けると、まるで恋人の墓石を磨いているような奇妙な気分にすらなったものだが、精神的にも肉体的にも不衛生であることは間違いなく、あれは掃除と云うより何らかの宗教的儀式だったとしか思えぬ。掃除界の原理主義過激派とも云える我が高校であるが、そんな掃除体験をした私が幸せになっているかと云うと甚だ疑わしい。

遡れば紀元前にもこんな話が伝えられている――仏陀（ぶつだ）の弟子のなかで一番馬鹿だった周利槃特（しゅりはんどく）（レレレのおじさんのモデル）は、己の名前を忘れるくらい馬鹿なのでもう修行をやめようと思っていたところ、仏陀に「一番好きなことをやれ」と云われ、ひたすら一番好きな「掃除」をしていたら、ついには悟ったと云う。これには別バージョンもあって、掃除してもしても誰かが汚すので激怒し、そのとき自分の醜い心に気づき「汚れと云うのは自らの心にあったのだ」と悟ると云うもの。

掃除の思想のなかには、学校で教わる道徳の授業のような胡散臭さを感じさせるものが多いが、古来日本において大掃除は、歳神を迎える準備でもあった。これは「歓待の原理」に通ずる。この原理はカントが最初に『永遠平和のために』で述べたもので、要するに「寛容に異民族を受け入れよ」と云うコスモポリタンの思想だ。ここで云う歓待とは、多民族と共存するためのものであったわけだが、現代ではその思想が徹底され、「来訪するあらゆる不可解なものと同化する」と云う考え方にまで純化されている。なぜなら、究極の受容とは一種の同化だからである。来訪するのは人に限らない。偶然や、悪意や、怪異である可能性もある。それさえも受け入れるのが本当の歓待である。

そう云えば最近「コピミズム伝道教会」と云う宗教がスウェーデンで宗教として認定された。これは情報をコピーして共有することは聖なる儀式だと云う信仰である。同国のウプサラ大学で哲学を学ぶIsak Gersonさん（20歳）が設立。彼曰く、DNAから製造業の現場まで、あらゆることがコピーと云う行為によって成り立っている→つまり世界はコピーによって成り立っている→コピーこそ神聖な行為だ、と云う理屈らしい。教会のシンボルマークはPCのショートカットキー「Ctrl＋C」（コピー）と「Ctrl＋V」（ペースト）。面白いが、コピーするためには前段階として、まず真っ白な白紙が必要である。掃除の思想は、まっさらな素地をつくるためのものであると云う意味で、宗教以前の根源的な「祈り」の一種なのかも知れない。

そのような益体（やくたい）もないことを考えつつ、掃除が終わってスッキリした部屋に立つと、薬を飲んでいないにもかかわらず、くしゃみも鼻づまりも治まっていることに気づいた。単なるハウスダストだったとは思うのだが、奇妙である。

（集英社／「青春と読書」／「土蔵」第三回／二〇一一年五月）

生クリキムにまみれた美少女

薄暗い土蔵に忍び込んだ花の香りが深まる季節。

相も変わらず涙と嚔(くしゃみ)の止まぬ春の午後、私は陽気につられてネットに接続し、街角の美女を紹介する日替わりカレンダーを見ていた。くだらぬ……こんなものに夢中になるのは、脳が溶けた愚民だけである。けしからん……とそのとき、ひとりの女性の写真に目を奪われる。白い肌、光る黒髪、フリルのついた白いワンピース、人形のような長いまつげと大きな瞳。昔、とある駅で一目惚れしていきなり告白し、メアドを教えてもらった女性によく似ていた。

あのときは「人間が二次元キャラを超えた！　生まれてきてくれてありがとう！」と心の底から彼女に感謝したものだ（もっともその後、調子に乗って「この出会いは運命です！　結婚してください」と告白してこっぴどくふられたのだが）。感慨深い思いに浸りつつ、名前やプロフィールを調べてみると、嗚呼(ああ)……本人であった。さらにいろいろと調べてみると、当時まだ一〇代だった彼女は大学を卒業し、どうも女優業をやっているらしく、映画やＣＭなどに出演していた。おお、なんとブログもあるではないか……なるほど、今は中央線沿線に住んでいるのか……などと数時間ばかりブログを読みふけっていると、謎の薄暗い情熱が沸々と沸き上がる。

思えば、携帯電話がなく、女性とコンタクトを取る手段は直接会って話すか手紙くらいしかなかった頃は、いくら女性につきまとってもストーカーなどとは呼ばれなかった。技術の発達によってコミュニケーションの質が変化し、世の中のルールが変わる。そのうち、知らないひとの情報を集めすぎると罰せられる「ネットストーカー法」などが作られそうで怖い。しかし、技術によって禁止される愛があるならば、同時に「技術発展によって可能になる愛」というものもあろう。たとえば、人形愛。

いまや人形作りの技術において日本は他国の追随を許さない。古くはギリシャ神話、E・T・A・ホフマンの『砂男』、サーデグ・ヘダーヤト『幕屋の人形』、江戸川乱歩『人でなしの恋』――卓越した技巧によって人以上の美しさを与えられた人形との恋愛、という、過去の物語で夢想された行為は、今の日本ではもはや日常。秋葉原の道ばたにあるガチャガチャに一〇〇円玉を入れて回せば、素晴らしい造形のフィギュアとの出会いが待っている。かく云う私も、初めて買ったフィギュアは、食玩（しょくがん）（食品玩具）と呼ばれる五〇〇円の小さな駄菓子のおまけだった。生クリームにまみれた美少女を活写したその艶めかしさたるや、ミロのヴィーナスの比ではない。思わず劣情を催（もよお）して口の中に入れてしまったほど。かつてこうした趣味は社会的に容認されなかったが、現在では決してマイノリティとはいえまい。人形愛にまつわる物語は、歪んだ愛情にまつわる悲劇として読まれがちであったが、今や新しいコミュニケーションの可能性を切りひらいたトップランナーの物語として読まれるべきだ。

アニメキャラクターに対する「萌え」も、ＩＴの向上によって爆発的に拡大した愛の形であるが、この言葉はネット上ではすでに廃れている。萌え萌えと叫ぶオタクに対して、二〇〇〇年代後半頃からネットの掲示板やブログなどで「萌え豚」なる蔑称が使われるようになった。それに対してみんなが「萌え豚ですがなにか？」とばかりに「ブヒー！」という擬音を使用し始めたことから、「萌える」は「ブヒる」という言葉に変化した。こうしたねじれた愛情表現は、ネット空間で最適化された独自のコミュニケーションだ。

そんな複雑な愛情を生み出す日本のアニメが、海外から「ＨＥＮＴＡＩ」という名で呼ばれているのは有名な話である。だからといってこれがネガティヴな表現とは限らない。我々日本人にとってはぎょっとするような言葉でも彼らに悪気はない。たとえば、今年のはじめにＷＥＢで無料公開された「かたわ少女」というゲームがある。海外版の「ふたば☆ちゃんねる」ともいわれる「４ｃｈａｎ」というサイトの有志（全員外国人）が集まって無償で制作された作品である。物語の内容は、心臓に病を抱えた主人公が、身体の不自由な少女たちとふれあうことで生きる力を取りもどしていくというもの。両腕のないヒロイン琳が足でスプーンを使って弁当を食べながら、哲学的な会話を繰り広げるシーンに不思議な魅力を感じた。思えば今、アメリカでは「レディー・ガガ」や、クラスの落ちこぼれが合唱部で活躍するドラマ「ｇｌｅｅ」が流行し、企業が採用項目にＬＧＢＴ（レズビアン、ゲイ、バイセクシャル、トランスジェンダー）フレンドリーをかかげはじめているなど、これまでマイノリティとされていた人々を社会的に受け入れようとしている。「かたわ少女」はそんな社会の空気を反映しているのかも知れない。

以上のように、オタク的な愛情の形は、動画やゲームやフィギュアなど、新しい技術を介して、世界中に拡がっている。キャラクターとの恋愛領域は明らかに拡大した。が、しかし、人間同士の恋愛においては危険のほうが増えているやも知れぬ。

（集英社／「青春と読書」／「上蔵」第四回／二〇一二年六月）

マネタイズ

いつにも増してなにもかもが面倒である。

私は今、薄暗い部屋に寝転がってアニメを見ながらスナック菓子を食べ、霞がかった頭でキーボードを叩いている。そろそろ締め切りが近いのでなにか書かなくてはいけないのだが、たった五枚の随筆を書くのが、とてつもなく重労働である。どうしてこんなことをしているのだろうか。嗚呼(ああ)……働かずに、毎日ぼんやり土蔵に籠(こ)もってゲームしてマンガやアニメを見て暮らしていたい。しかし、そのためにはいくら必要なのだろう？　生活を切りつめて年間経費が約一五〇万×余生が六〇年＝単純計算で九〇〇〇万……。まっとうに働く気がますます失せていく。以前にもこんな気分になったことがある……確か、文筆業を始めて間もない、六年ほど前のことだ。

その頃、私は今と変わらず、なにもせず楽にぼんやり生きていく方法はないものかと常日頃から考えていた。折しも世間ではネットを使って、携帯やパソコンからリアルタイムで簡単に株の売買ができる「デイトレード」なるものが流行中。なんだか数時間でお金がどんどん儲かるらしい、という情報を聞きつけ、これだ！　とばかりに喜び勇(いさ)んでネットで口座を開設、さっそく始めてみると、思ったよりも難しい。まずなにを買えば良いのかわからない。ちょいとググッてみると「知っている会社の株を買うと、会社の応援にもなっていいですよ」という証券会社の人のアドバイスが目に付いた。私は知っている会社の株をいくつか買った。目まぐるしく変動する線を見て、低いときに買い、高いときに売ればいいはずなのだが……何度やってもお金がマイナスになるのである。まあなんとかなるだろうと金を突っ込んでいたら、一ヶ月ほどであっという間にほぼ全財産の二〇〇万近くを失った。私は憤りを覚えて証券会社に苦情の電話を入れ、金を返すよう毎日メールを出すなど、嫌がらせに近い行為をしたうえ、爆弾を抱えてその会社で爆死し株を暴落させることも考えたが、結局最後はどうでも良くなり不貞寝（ふてね）を決め込んだ。最終的に家賃が払えず家を追い出され、その後何年かホームレス状態であった。無知が招いた悲劇である。

せめて中長期の投資なら被害もマシだったのだが……デイトレードはきっちりとした設備と知識を持たない貧乏な素人がやるべきではない。さらにあとから知ったのだが、そもそも株というのは好きな会社を支えるものではなかった。株を買ったお金は株を売った人の懐に入る――つまり株をいくら買おうが売ろうがその会社には一銭も入らず、売買している人のあいだでぐるぐるお金が回転しているだけなのである。会社が株で儲かるのは、基本的には一番はじめ、上場時だけで、あとは、どれだけ私がはした金で株を買おうと売ろうと会社は無関係で、株主と証券会社が喜ぶだけ。会社を応援する云々は、証券会社のセールストークだったのである。

そのような失敗をしてもなお、ネットを使えば楽をして金が儲かるのでは……という幻想はいまだに私のなかに根強く残っている。最近は主にネット上での行動を収益に結びつけるという意味で「マネタイズ」という言葉も使われ、状況が少しは変わったのかと思いきや、やはりネットでお金を稼ぐのは難しいようだ。なんでも無料で手に入る世界なので、お金を払うと損した気分になるようで、たとえば八五円の iPhone アプリがクソだった場合、そのアプリは叩かれまくり、レビュー欄は目も当てられない。その勢いたるや尋常ではない。たかが八五円なのに……ジュース一本より安いのに……。

そんな殺伐としたネット時代のマネタイズモデルのなかで私が注目しているのが、近日稼働が予定されている、「starbahn（スタートバーン）」というサービスだ。これは「ネット時代のアート」のためのSNS（ソーシャル・ネットワーキング・サービス）だ。ヤフーオークションとmixiを合わせたものをイメージするとわかりやすいかも知れない。SNS上でアート作品を売買するサービスだが、このSNSの面白いところは、作品の価値がアーティストの活動によって変動し、「購買者＝コレクター」が作品を売却するときは、売買価格の一部が「作者＝アーティスト」に還元されるというところだ。特許もきっちり申請済み。非常に興味深い。さきほど、株とは売買している人のあいだでお金が回転するシステムだと書いたが、アートの転売も同じ構造だ。無名の新人のアート作品を買って、有名になったところで売れば儲かる。だがアーティストにはなにも還元されない。しかし、このサービスでは、コレクターが売買するたびにアーティストにも自動的にお金が入ってくるわけで、もしこれが上手くいけばちょっと面白いことになる。

このシステムは、二〇〇〇年代に考え出された伝播投資貨幣「PICSY」（Propagational

Investment Currency SYstem）に少し似ているが、ＰＩＣＳＹを現実世界に実装するのはかなりハードルが高かった（なにせ新しい貨幣システムなのだ）。しかし、場所をネットに、扱うものをアートに限定することで、startbahn はそれを可能にしている。稼働のあかつきには、原価ゼロの「水道水」と「部屋の空気」をペットボトルにつめて九〇〇〇万円で売ろう。アラブの石油王が興味本位で買ってくれるかも知れない。

（集英社／「青春と読書」／「土蔵」第五回／二〇一二年七月）

ビッグデータ

風邪がなおらぬ。

一向に良くなる気配がない。近所の医者に行っても原因はわからず、とりあえず薬を飲まされるばかりなのである。仕方ないのでひたすら医者にもらった薬を飲みつつ、部屋で惰眠(だみん)を貪(むさぼ)っているわけだが、毎日薬を飲み続けて、気づけばはや半月……相変わらず熱が下がらぬ……さすがに長すぎて少々洒落(しゃれ)にならなくなってきた。さっさと他の医者に診てもらえという話だが、知らない人間と会うのは苦痛である。どこかに人間以外の医者というのがいないものか。いればいくらでも通うのだが――そう思っていたところ、朗報が飛び込んできた。

二〇一一年七月一日、神戸の「ポートアイランド南駅」が「京コンピュータ前駅」に改称された。その名の通り、ここにはつい先頃まで世界最速のスーパーコンピューターだった「京」がある。スーパーというからにはそれなりに凄いわけだが、どのくらい凄いかというと、計算速度が一秒間に一京回……といってもピンと来ない人が多いだろうが――全世界の七〇億人が手分けして、不眠不休で計算して一七日かかる計算を一秒でやってのける。といえばその凄さがわかるだろうか。多くの人にとってスパコンといえば「蓮舫に事業仕分けされそうになったアレ」、くらいの認識だろうが、現代におけるスパコンの用途は多岐に亘る。期待されているものとして「ビッグデータ」の解析がある。ビッグデータとはなんぞや？　ここのところビジネス分野でやたらと聞くようになった言葉だが、実際にどういうものかというと、構造化されていない複雑なデータや、リアルタイムで蓄積されていく膨大なデジタルデータなどのことだ。つまり、複雑で巨大すぎる過去ログみたいなもの、と考えてもらえればそう間違っていない。ＷＥＢ、ＳＮＳ、金融、医療、気象、あらゆる分野にビッグデータは存在している。こうした過去のデータを解析して傾向を摑むことができれば、未来予測やさまざまなシミュレーションが可能になるのだ。

人間が残したデータの解析と再利用がどのくらいの力を発揮するのか？　例をあげると、今年の初めに「将棋電王戦」というものが行われ、ボンクラーズというコンピューターと人間の名人が対戦した。ボンクラーズには過去のあらゆる棋譜がインプットされており、その場に応じてデータを参照して最善手を指す――つまり、将棋におけるビッグデータの利用というわけだが、結果はボンクラーズが勝利している。これはかなりの快挙だ。

他に最近話題になったところではＡＫＢの選挙をビッグデータで予測させる、というものがあった。計算式はこうだ。「得票数≒ブログクチコミ件数×２・７５＋ＣＭ登場分数×４・４７」……そんな方程式で大丈夫か？　と云いたくなるような単純さであるが、なんと上位一六人中一五人の顔ぶれを的中させたという。これはすごい……と驚いてその結果を見てみると、上位に入っているメンバーを予想しただけで、順位を予想したわけではなかった。これでは、ビッグデータという言葉を使いたかっただけちゃうんかい、と突っ込まれても仕方あるまい。

最初の話に戻るのだが、スパコン×ビッグデータの活用で、いま最も注目されているのは医療分野である。特に抗ガン剤の開発は、数十億個の鍵（化合物）を用意してひたすらそれを錠前（タンパク質）にはめこんで試すということをしなくてはならないのだが、「京」ならば、普通三年かかる作業をわずか一日で終わらせることができる。圧倒的である。さらに、アメリカでは人工知能＝ＡＩを医療分野で取り入れようという動きがあるらしい。二〇一一年二月にＩＢＭのワトソンなるＡＩが、クイズ番組でクイズ王に輝き一〇〇万ドルを手にした。データ勝負のクイズなら「ふーん、当然では？」と思うだろう。しかし、ワトソンの優れているところは、自然言語を解析して答えを出すことができる点だ。つまり人間の言葉をちゃんと聞き分けるのだ。このワトソンのようなＡＩとビッグデータを組み合わせてＡＩ医者を誕生させようというわけだが、もしこれが実現すれば一番始めに述べたように、病院に行っても人間と会わなくてすむ可能性がある――が、しかし……コンピューターは疑うということを知らないので、どうせ医者とＡＩのコンビで問診されることになるのだろう。嗚呼（ああ）……面倒臭い。もっとも、ＡＩ医者はドラッグストアの店員くらいの役割は簡単にできそうなので、その場合、私はますます薬漬けになるわけだが、人間と会わない分、いくらか心理的には楽なので、きっと愛用する。

（集英社／「青春と読書」／「土蔵」第六回／二〇一二年八月）

楽観バイアス

なんとか……生きております。

先月の連載で風邪の報告をしてから一ヶ月。結局、完治したのはつい先週。こんなに長く床に臥せったのは人生初。本当に風邪か？　巷で流行している「新型鬱」では？　などの疑いもあったが、病院にいっても特に問題はなく、治った今はいつも通りなのでやはり風邪だったらしい。

しかし、この一ヶ月の精神状態はいつもの五割増しくらいどん底であった。目を閉じると絶えず、暗黒と絶望の未来予想図が展開。あらゆる人が自分を愚弄している気分になり、脳味噌を求めるゾンビのようなぎこちない動きでコンビニを徘徊し、店内に流れる安っぽいアイドルソングになぜか涙する始末……混乱するにもほどがある。あのままだったら本当に危険な状況になっていただろう……。以前は体力が落ちても気力が衰えるなどということはなかったのだが……歳か？　たしかに歳を取ると身体の調子に心も影響を受けるというが。考えてみるとこの話は妙だ。最近は脳ブームなどで、「心は脳にある」とか「脳を調べれば心がわかる」とか、そういう物云いがあふれているではないか、はて？　これはどういうことだろうか。

心が脳にあるという考えは、いわば脳一元論である。しかし、それに対して、心は脳だけではなく身体とも関わっていると考える心身一元論とでも云うべき思想がある。たとえば、ここのところなぜかヒットしている古典、アランの『幸福論』がそうだ。読むのが面倒な人のために超訳すると、アランが云っているのは「人間は笑うからこそ幸福なのだ」ということだ。決して幸福だから笑うのではない。それゆえに、アランは考える前に行動しろと云う。こうした考え方は西洋では珍しいが、東洋にはなじみ深いもので、禅には「身体を調え、息を調えれば自ずと心も調う」といった意味で「調身調息調心」という言葉がある。重要なのはどちらも心よりも身体のほうが先んじているという点である。しかし——ちょっと待ってほしい。なんだかこの物云い、どこかで聞き覚えがないだろうか。そう、これは小学校のときに教師たちがよく口にしていた「健全なる精神は健全なる身体に宿る」と云うやつではないか……あれは真実だったということになるのだろうか? 否——私にはそうは思えない。

思い出してみてほしい。私が子供の頃から今に至るまで存在する、不良やいじめっ子。彼らは例外なく立派な身体つきをしていて運動能力が高かったではないか。私のような貧弱な者が、奴らにどれだけの辛酸をなめさせられたことか。彼らがもし貧弱ならば多くの不幸を避けられたはずである。学校教育と云うものは、健全な肉体を得た先に起きる悲劇のことを何も考えていない。あまりにも浅はかである。しかしまあ、ものごとを楽観的に考えてしまうのは人間の性(さが)なのでしかたがないことかもしれない。

我々人間にはそもそも、ものごとを楽観主義的に考える「楽観バイアス」なるものがそなわっており、そのことが生きる力につながっている。英国での調査では全体の九三%の人が自分の運転能力が中の上だと思っているし、七〇%の人が自分たちの家族は一般よりうまくいっていると考えている。こうした楽観バイアスは生きることを助ける能力だ。実際、末期癌患者で、悲観的な患者より楽観的な患者のほうが長生きするというデータもある。人間はみんな死ぬ。だがしかし、そのことを大真面目に考え始めると悲観主義に陥り、全員自殺しかねない。だからこそ未来は明るめに予測するほうがいい。楽観バイアスとは、脳を騙して未来に希望を持たせ、心を明るくしてより生物を繁栄させるための現実補正能力なのだ。しかし、ここでさらなる疑問が浮かぶ——ならば、補正のない、ありのままの人の脳と心は果たしてどんな状態なのだろう?

カリフォルニア大学の生物学者アジト・ヴァルキは、楽観バイアスには、脳の「扁桃体」と「吻側前帯状皮質」という、感情を司るふたつの部分が関わっていることを発見した。この部位は鬱病になると異常な動きをすることが知られている。つまり、ここが正常で活発に動いていると楽観的な躁状態に近づき、異常だと悲観的な鬱状態になるというのだ。要するに、ある程度この部位が抑制されている場合が、最もバイアスが少ない状態と云うことになるが、この状態では心は軽い鬱になる。つまり、ものごとを比較的正確にとらえるのは軽い鬱病患者なのだという。悲観的なテイストが漂うこの連載に脳科学のお墨付きが得られたようで一安心である。

(集英社/「青春と読書」/「土蔵」第七回/二〇一二年九月)

バイオハッカー（前編）

寒い。

太陽が容赦なく殺人的に照りつける夏の昼。みなさまいかがお過ごしでしょうか。私は、部屋の遮光カーテンを閉め切り、閉じこもってクーラーの設定温度を最低にしております。もちろん送風は「強」。部屋はまるで冷蔵庫のように寒い。屋根をつたって響いてくる、部屋をゆるがす室外機の轟音を耳にしながら、毛布にくるまって本を読む。節電などどこ吹く風。これぞ夏の醍醐味。下等遊民にだけ許された放蕩の味である。毎年、夏になるたびに暑い暑いと、わかりきったことを云うのはもう飽きた。そんなことよりも、我が家にはもっと大きな問題があるのだ。そう、庭にある小さな池と草むらから昆虫どもが大量発生するのである。カナブン、小バエ、蚊、蜻蛉に蟬、蜂……なかでも最も恐れているのがアイツだ。つやつやと光る真っ黒な身体。頭から伸びた触角……通称「G」。やつは昼夜を問わず、どこでも現れる。非常におぞましいが、疫病の被害などがないだけまだマシと云える。世界的に問題なのはGより蚊である。

アフリカや南米などでは蚊が媒介となって、マラリアやデング熱などの病気を発生させる――今や小学生でも知っている常識だ。ＷＨＯ（世界保健機関）によれば、世界では二〇一〇年にマラリアによって約六五万五〇〇〇人、デング熱によって約二万人の人々が死んでいる。Gが可愛く思えるほどの凶悪さである。なぜこんなことになるのかというと、大量発生した蚊をなんとかする決定的な方法というのがいまだに発見されていないせいだ。殺虫剤は環境に厳しい。蚊帳はかなり有効だが完全ではない。そのような状況下でがんばっていたのが蚊の遺伝子組み換え。「遺伝子いじくって改造した蚊を放って病気を撲滅させようぜ！」というわけだが、反対組織に叩かれ、なかなか成果が出せなかった。ところが今回、やっと成功例が出てきた。

先日、メディアが報じたところによれば、イギリスの企業「Oxitec」は、遺伝子を組み換えて、ある種の抗生物質を摂取しないと成長できないオスの蚊を作りだした。

自然に放ってメスと交尾し、子が生まれると幼虫は抗生物質がないので死んでしまうというわけだ。もちろんオスの蚊自身も死んでしまう。これを導入後、ブラジルでは熱帯縞蚊（Aedes Aegypti）の数が、八割以上も減ったそうな。遺伝子組み換え生物などというと、パニックホラーのプロローグのようで不吉なのだが、そう思ってしまうのは自然の摂理に反しているという後ろめたさがあるからだろう。しかし、数年後にはこうした感覚は古いものになっている可能性がある。実は現在、遺伝子操作は（がんばれば）個人の趣味でやれるレベルになってきているのだ。今年和訳が出たマーカス・ウォールセンの『バイオパンク』にはそうしたＤＩＹ科学者たちの現実が描かれている。

ＭＩＴ（マサチューセッツ工科大学）の生物工学教授トム・ナイトは「生物学も情報処理システムの別の姿にすぎないのではないか」と考え、ＤＮＡのブロックのような「BioBrick」

を発表。これは、定まった構造や機能を持つＤＮＡ配列で、新しい生物系を構成するために大腸菌などの生きた細胞に組み入れることができる。これを使って、遺伝子組み換えテクニックを競う国際合成生物学大会（The International Genetically Engineered Machine competition）略してiGEMなる催しを開催。学生チームは「BioBrick」を組み合わせて、まばたきする細胞や、バナナの香りのする細菌、砒素を検知するバイオセンサーなどを作った。要するに、これはロボコンの生物バージョンだと考えてもらえばいい。

こうした特殊なＤＮＡはオープンソースで共有されて、その気になれば誰もが実験することが可能だ。ネット上では「GenBank」（http://www.ncbi.nlm.nih.gov/sites/entrez?db=nucleotide）をはじめとする遺伝子データベースや、SNPediaにもこうした遺伝子情報が掲載されている。個人の趣味でバイオ研究をする人々はバイオハッカーと呼ばれて危険視されているが、そこには新たな技術革新の種がある。最近日本でも人気のＳＦ作家、パオロ・バチガルピ。彼の作品に、遺伝子組み換えが加速したディストピアともユートピアともつかない世界が描かれるのは、こうした背景があってのことである。

アマチュア無線、パソコン、ロボット工学などに続いて、ついにバイオが趣味でやれる時代も近いのか？　次世代のハッカーはコンピューターの世界だけではなく現実の生物もハッキングしてしまうのか？　果たしてそんな簡単にできるものだろうか？　そもそもＤＩＹ科学者が生物に新しい遺伝子を組み込む実験をするためには、まず、最初に遺伝子が必要だと思うのだが……これまで何気なく遺伝子遺伝子と書いてきたが、それはなんだ？

ＤＮＡと違うのか？　確かヒトゲノムという言葉も良く聞くが……これらはどう違うのだろう。（次へ）

（集英社／「青春と読書」／「土蔵」第八回／二〇一二年一〇月）

バイオハッカー（後編）

引き続き、バイオハッカーの話である。

近年、生物学の領域は飛躍的に研究が進み、人間が遺伝子を操作することは日常茶飯事になった。新たに「合成生物学」なるジャンルも生まれ、アマチュア無線、パソコン、ロボット工学などに続いて、ついにバイオが趣味でやれる時代も近い……のだろうか？　というのが前回までの話だった。

さて、遺伝子をいじくって合成生物を作るのはそんなにも簡単なのだろうか？

その話をするまえに、ゲノムと遺伝子とＤＮＡの違いをおさらいしておこう。私は昔、この三つを混同していたが、これらはまったく意味が違う。ある生物が一匹いたとして、その個体を構成する設計図集がゲノム（Ｇｅｎｏｍｅ）であり、その生物の部品の図面が遺伝子（Ｇｅｎｅ）、そして図面を記述するためのアルファベットがＤＮＡだ。よく耳にする「ヒトゲノム」というのはつまりヒトの遺伝子情報全体のことである（「ｇｅｎｅ」に全体を意味する「ｏｍｅ」をつけたものが「ｇｅｎｏｍｅ」であるというふうに理解するとよい）。

遺伝子組み換え生物を作る場合にまず必要なのは、当然ながら新しい遺伝子だ。この遺伝子を作るには最小のＤＮＡが必要だが、海外の研究機関に依頼すると一文字三〇セントで、プライマーと呼ばれるお好みのＤＮＡ配列の遺伝子の切れ端が買える（数十文字程度で充分だ）。この切れ端から、長大な遺伝子配列を合成する。粉々にすり潰した細胞を水で溶いたものに、このプライマーを入れると、あら不思議、勝手にピコピコと分子がくっついてみんなが知っている二重螺旋の長い遺伝子になる（ただし、これは電子顕微鏡でないと見えない）。あとは温度を上げると二重螺旋が剝がれて二本の紐ができる。さらにこれを冷やすと、それぞれの紐があたりにある塩基を引き寄せて二重螺旋になる。これをポリメラーゼ連鎖反応（ＰＣＲ）という。このようなことを繰り返して遺伝子を培養する。この過程でサーマルサイクラーと呼ばれる機械が活躍するのだが、ラバアンプ（LavaAmp）と呼ばれる世界最小かつ安価なサーマルサイクラーなら一〇〇ドル未満で購入可能だ。

培養が終わったら、あとはターゲットとする大腸菌なりなんなりに遺伝子を入れるわけだが、組み込み方法はいくつかある。熱を使うヒートショック、電気を使うエレクトロポレーション、薬品を使う……などなど。このなかでは、ヒートショックが最も簡単ではなかろうか。熱であったためて冷やすと大腸菌がびっくりしてまわりのものを取り込んでしまうという現象だ。培養した遺伝子で満たされた液体のなかに大腸菌を放り込み、温めて冷やすと……完成！

なんて簡単なんだ！

……と思ったのだが、事はそう簡単ではない。

そもそも遺伝子を組み込んでなにをするかというのが問題なわけで、こうしたことをやったところで有用な結果はなかなか出ない。実際、アマチュア科学者が自宅で光るヨーグルトを作ろうとしても成功しないのはそのせいだ。細胞はそう簡単に遺伝子を取り込んではくれないし、それを組み込んだところでお目当てのとおりの結果が得られるとは限らない。効率良く取り込ませるにはいろんな工夫が必要だし、ノイズのない状況で実験しなければ成功しない。それに本気でやろうとしたら配列を読む機械――DNAシーケンサーが必要だ。これはまだ一〇〇〇万円くらいする。しかし、諦めることなかれ。逆に云えば、安価なシーケンサーと、オープンソースの遺伝子情報があれば個人でも研究が可能なのである。ビル・ゲイツは二〇一〇年にある雑誌で「ぼくがいまティーンエイジャーだったら生物学をハッキングしていただろう。世の中を変えたいなら、それも大きく変えたいなら、やっぱり分子生物学だ」と云っている。安いPCと無料のプログラムによってハッカーたちが活躍したのと同じように、バイオハッカーたちの時代はすぐそこまで来ている。

私も、環境がととのえば、なんとかしてGを撲滅（ぼくめつ）するためのGを作りたいものだが……と考えてふと気づく。人間はこういうとき、なぜ自分ではなく環境を操作しようとするのだろう。人間のDNAを操作してGを見えなくするとか、Gをカブトムシやクワガタと同じくらいかっこいいと思えるようにするとか。やはりここは自らを実験台として自分を改造すべきではないだろうか。まあ、鬼のようにクーラーを使って、地球温暖化に貢献している私が云うべきことではないのだが。

（集英社／「青春と読書」／「土蔵」第九回／二〇一二年一一月）

アンチエイジング

足の靭帯を損傷した。

ある晴れた日のことである。久しぶりに部屋の換気をしようと遮光カーテンと窓を開け、ベランダに出て洗濯物を干していたところ、やけに蜂が飛んでいることに気づいた。奇妙に思ってあたりを見ると、私の部屋の窓のすぐ上にブゥンと『ドグラ・マグラ』の一節めいた異音を発する蜂の巨大な巣が……。慌てて部屋に戻って窓を閉め、殺虫スプレーを手に取る。再度ベランダに出て蜂の巣を狙い打ちにしたところ、大量の蜂がこちらへ襲いかかってきた。咄嗟に逃げようとしたところ、足がもつれて段差から転落。左足首に激痛が走った。あまりの痛みに絶叫しベランダをのたうち回っているとドアに激突。そのひょうしに、外れた網戸の下敷きになった。

匍匐前進でなんとか部屋に逃げ込み、脂汗を流しながら床で唸り続けること一〇分。その後、病院に行って診察を受けたが、骨に異状はないので固定して湿布を貼る以外にどうしようもない。松葉杖をつきながら帰ってきた。

そして現在……三ヶ月が経過しようとしているが、いまだに左足をひきずっている。

私は平均的運動神経の持ち主であるが、思えばここ数年やけに怪我が多くなっている。それまではたとえ足を挫いても三日ほど経てば治っていたし、そもそもそうした怪我などとは無縁であった。考えられるとしたら、認めたくはないが老化……だろう。私は男にしては珍しく「アンチエイジング」を意識して生活している。普段から弱酸性洗顔フォームと五〇〇〇円レベルの化粧水を使い、脱毛、育毛、レーシック、炭酸パックなど、手軽にできるアンチエイジングを面白半分に試しているのだ。そんな私が老化などするだろうか……たとえ老化しているとしても、ここは老化を迎え撃ちたいところである。

しかし、こうした老化に抗う姿勢を「成熟できない子供」と揶揄し非難する人も多い。そんなことは諦めて大人になれと云う。しかし、何気なくみんなが云っている「大人」の意味が私には良くわからないのだ。大人とは一体なんだろう？

フランスの歴史家フィリップ・アリエスは著書『〈子供〉の誕生――アンシァン・レジーム期の子供と家族生活』において、フランス革命以前は子供という概念が存在しなかったという説を唱えている。つまり、その頃のフランスでは大人とそれ以外しかいなかったのだ。では、この時代の大人とはなにか？　労働に従事している人のことである。当時、労働可能な小学生くらいの年齢になると、彼らはすでに大人として社会に組み込まれていたのだ。アリエスによると、近代になって教育や学校制度が発展するにつれて労働への準備段階が長くなり、結果的に「子供」なる概念が生まれたという。

働く＝大人、とはなんと単純なことなのだろう。それに比べ、現代の人々が押しつけようとする大人観のなんと高尚なことか……理性と知性を兼ね備え、清廉潔白、冷静沈着、威風堂々……。彼らは「大人」という一般的な言葉を使ってはいるが、現実にはニーチェの云う「超人」のように、不可能なことを、なんとなく可能そうな言葉で云い換えているに過ぎない。まあ、それは云い過ぎだとしても、目指すべき大人像が画一的過ぎる。

かつて、九〇年代にオタク論が流行したとき、ひとりの評論家が「ぼくらオタクは大人になれないのではなく、新しい形の大人なのだ」と云った。そして、現在、日本はその通りになっている。そもそもこの日本には本当の大人などおらず、大人のふりをした人しかいなかったのではないだろうかとさえ思える。ミュージシャンの大槻ケンヂは、大人になれない自分のことを、もはや子供を超越した「赤ちゃん人間」と明言しているが、彼も四〇を超え、最近は落ち着いて大人びた雰囲気が……と思ったらなんだか鬱っぽいらしい。大人に見える多くの人は、単に歳を取って鬱気質になっただけでは……。

そんなわけで、私がさらなるアンチエイジングとして取り入れたのが毎日の勉強と食事制限である。勉強はともかくなぜ食事制限か？　サーチュイン遺伝子という言葉を聞いたことがあるだろうか。長生き遺伝子とも呼ばれるもので、これが活性化されると老化を止める。活性化の条件は「空腹状態」。一応サルの研究では成果が出ているらしい。人間はどうなのか怪しいが、とりあえずここのところ私の食事は、コンビニおでんを三種類。以上である。結果的にどうなっているかというと、大変ハングリーである。とにかく腹が減っている。他には……あまり何も考えられない。

（集英社／「青春と読書」／「土蔵」第一〇回／二〇一二年一二月）

ケータイ・ネット依存症

私はいま、瀬戸内海に浮かぶ島の、小さな村の自治会長宅の二階でノートにこれを書きつけている。今回はいつもの取材旅行とはちがう。圧倒的に不便なのである。取材先で会った人との連絡や、一日に数本しかない船やバスや電車の乗り継ぎ。急な東京との連絡……などなど。それらが簡単にはできない。なぜならケータイがないからである。そう、私は九月頃に携帯電話を捨てた。病気を治療するには、それ以外に方法はなかった。

その病(やまい)は、スマホに機種替えしてからすでに発症していた。

ひっきりなしに情報を検索して脳に流し込むのが癖になり、いつでもどこでも気づくとネットに接続して最新ニュースやエロ画像を見るスマホ廃人になっていた。ツイッターやフェイスブックを絶えずチェックし、心を入れ替えるために瞑想(めいそう)しようとしても、気づくと「雲堂」というｉＰｈｏｎｅの瞑想アプリを立ち上げている始末。完全なる依存症、あるいは中毒である。近頃はテレビ番組で「つながり依存」がとりあげられ、韓国ではそれを治療する病院まで現れ、「テクノロジー依存」をめぐる問題は深まるばかり。精神科医のハワード・ハロウェルによれば、新テクノロジー病には、ケータイによる連絡が途絶えることに恐怖する「インターネット中毒性障害（ＩＡＤ）」、メールチェックをしているあいだに呼吸が浅くなりストレス性疾患の増殖につながる「メール呼吸困難症候群」などがあるという。

『毒になるテクノロジー』の著者であるテクノロジー心理学者のラリー・D・ローゼンは、SNSを含むテクノロジー依存の症状を「iDisorder（アイ・ディスオーダー）」と命名した。まさに私の病はこれである。だからといって病院に行く気はさらさらない。医者に頼ることなく自らの力でこの病を克服せねば、人類に未来はない。こうした中毒症は根元から断たなくてはならない。それはつまり、ケータイを捨てるということだが……しかし、普及率が一〇三％（二〇一二年五月総務省調べ）に達した現代において、ケータイを持っていない人間はマイノリティである。悩んだ。しかし、最終的にはその判断に従って携帯電話契約を解除した。友人からは「連絡がめんどくせえよ！」と怒られ、仕事相手との待ち合わせはすれ違いが多発。自由に電話ができないので必然的に公衆電話のチェックが必須となる。今どきテレフォンカードなどを使っている人間は、怪しい外国人か私くらいのものだろう。

そうして携帯電話を捨ててから三ヶ月、意外なことに気づいた。

ケータイをいじらなくなったぶん、パソコンでネットやメールする時間が増えている……。問題は通話などではなく、メールのほうだったのかもしれない。

〝19世紀にはテレビも飛行機もコンピュータも宇宙船もなかったし、抗生物質もクレジットカードも電子レンジもCDも携帯電話もなかった。／ところが、インターネットだけはあった。〟（トム・スタンデージ『ヴィクトリア朝時代のインターネット』）

ここで云われている「インターネット」とは、テレグラフ（電信）を使ったネットワークのことである。この回線は、最初期の一八四六年には四〇マイルの実験用線しか稼働してなかったのに、六年後の一八五二年には一万二〇〇〇マイル以上にもなっていた。考えてみると現代でも通話よりもメールのやりとりのほうが多いわけで、そうなると確かにテレグラフとかわらない……と云えるかもしれない。

ならば、ケータイの次はネットも捨てるべきなのだろうか……いやそこまでやるとさすがに仕事に支障をきたしてしまうのではないか？　なんだかもう面倒くさくなってきてまたケータイを手にしてしまいそうである。

しかしさきほど、家主である自治会長さんに「なんでケータイ持っとらんの？」と聞かれて、とっさに「いや……やっぱりこう……人との触れあいが重要だと思うんですよね」的なことを口走り、やたらと尊敬されてしまった手前、もはやケータイを手にしてこの島を訪れることは不可能だろう。しかもケータイを捨てた理由の半分くらいが、本当は「なんかケータイ持ってないって云ったらかっこ良さそうだから」などと云った瞬間、村中の人々に命を狙われるような気がする……私がそのような恐怖に震えつつ鯛の塩焼きを食べているとも知らず、老夫婦は、聖書が置かれた本棚の前で、老眼にむち打ってケータイを操作し、東京の孫にメールしていた。

一八四四年にサミュエル・モールスが最初に打った公式の電文は「神はなにをなしたもうか」だった。そして、その一六八年後、今年の一月、ローマ法王ベネディクト一六世はツイッターでこう呟いた。

「チャットやツイートを控え、一人、静かに考えなさい」

（集英社／「青春と読書」／「士蔵」第一一回／二〇一三年一月）

土蔵の外

朝七時すぎ、私は白い袴姿で竹箒を持ち、神社の境内を掃除している。起きたのは六時なので、とにかく眠い。厳しい寒さのなか、北風が吹くたびに銀杏の葉が舞い落ち、掃いても掃いてもきりがない。ふと、この連載三回目の「掃除」で書いたことを思い出す。確か、あらゆる信仰や思想の陰には、必ず「清浄な場」を維持する努力がある。「掃除」とはカントの云った「歓待の原理」の一種――あらゆるものを柔軟に「受け入れる」という姿勢ではないか？ というものだった。こうして境内を掃除しつつ、参拝に来られる人々を見ていると、確かに、ここは「歓待」の場だという気がする。

掃除を終えて社務所へ戻ると、朝食が準備されている。白いかまぼこと緑のさやいんげんに醤油をかけてかじり、なめこのみそ汁を一口飲む。雑穀米と目玉焼きを食べ終わる頃には身体はポカポカと温まっていた。お茶を飲みながら一息入れつつ、時間を見る――まだこの仕事は始まったばかりだ。

憧れの職業を体験できるサービスを提供する「仕事旅行社」なるものの存在を知ったのはつい先日のことだった。さっそくこうして体験しているわけだが、私が選んだのは「神主」である。なぜ「神主」なのか？ 思えば第一回から、ひたすらネガティヴで陰鬱な思考を重ねてきた私であるが、連載も今回が最終回。禊ぎの意味を込め、新たなスタートを切るにあたって、この仕事ほどふさわしいものは存在しないだろう。この仕事を通じて、連載の軸となるなにかが見えるような気がしたのである。しかし……眠い……寒い。

朝食を終えたあとは、月次祭（つきなみさい）という祈禱（きとう）の見学や、神道（しんとう）の基礎知識などのレクチャーを受けた。印象に残ったのは本居宣長の『古事記伝』を引いた部分の解説だった。神とは何か、ということについて本居はこう述べたという。

尋常（よのつね）ならずすぐれたる徳（こと）のありて可畏（かしこ）き物を迦微（かみ）とは云ふなり。

良いことをしたら何でも誰でも神になる。と云っているのだが、この言葉を聞いた瞬間、2ちゃんねるの書き込み「キター（・∀・）神降臨」を思い浮かべた。思えば、なんでもかんでも擬人化して萌（も）えキャラにするオタク文化や、誰でもすぐに「神」になるネットは新しい多神教かも知れぬ。そう、多神教的世界は壮大である。神道では神は八百万（やおよろず）。仏教ではお釈迦様が死んだあと、五六億七〇〇〇万年後に弥勒菩薩が衆生を救う。とにかく宗教は数字の単位が桁違いである。この壮大さはリアリストにとっては全くの無駄というほかないだろう。人生や政治や経済を億年単位で考えるバカはいない。だが、これからはちがうかも知れない。ネットをはじめ、この一〇年で新しいテクノロジーがどんどん生まれてきた。これまで人間が運営してきた社会は、一〇〇年程度のタイムスパンの想像力でしかなかったが、ビッグデータの活用や、最新のバイオ技術、アンチエイジングなどによって、はるか遠い未来を見通し、より長く生きる可能性が拓けてきた。それこそ個人が「神」となる未来もあり得る。アメリカでは無神論者や不可知論者が増え、全体の一五％

を超えた。彼らの多くは、伝統的な倫理や儀礼、地域コミュニケーションを重んじる。神を信じているわけではなく、地域活動の一環として教会に通うというわけである。通俗哲学者アラン・ド・ボトンは、「無神論者のための寺院を作りたい」という大胆な発言をしている。悲観的な私ですら、思わずほくそ笑んでしまうバカバカしい未来だ。

かつての社会では、宗教がローカルコミュニティを結びつけるハブとなっていた。しかし、もはやそうした過去は戻ってこないだろう。これから我々はどのようなテクノロジーを使い、新しいつながりを獲得し、社会や未来を作って行くのだろうか。この「土蔵」という連載は、ゲーミフィケーション、AR（拡張現実）、掃除、恋愛、マネタイズ、ビッグデータ、楽観バイアス、バイオハッカー、アンチエイジング、ケータイ・ネット依存症、と様々な題材をテーマにしてきた。次回作の資料メモとして、暗い土蔵に閉じこもってだらだらと思索を重ねてきたこの一年であったが、ついにここを出るときが来たようである。

仕事旅行は最後に、大祭(たいさい)装束で写真を撮って終了した。帰り道、境内には落ち葉が積もり、朝の掃除前と同じような風景になっていた。徒労感に溜息を吐(つ)く。……しかし、これも善し。水清ければ魚住まず。生きている限り、汚れることは免(まぬか)れない。それでも、あらゆる新しいものと古いものに対する「歓待」の気持ちを忘れず、これからも心の中の土蔵を清く保って行きたい。

（集英社／「青春と読書」／「土蔵」最終回／二〇一三年一月）

小説家をめざすきみへ

さきほどから膝の上がぷるぷるしている。

いま私は旅館のリビングで原稿を書いているのです。いわゆるカンヅメというやつであります。原稿が書けない。つらい。さむい。膝の上だけ生暖かい。生だから当然だ。なぜか小型犬が膝の上にいるのであります。季節が冬なので、むしろ暖房器具をつかう手間がはぶけていい。犬は暖かい。犬だけが心のよりどころです。むしろもう犬と逃げたい。犬最高。犬を使った犬暖房システムにより今年の冬の電力不足を補うというのはどうでしょうか。犬炬燵(こたつ)、犬布団(ぶとん)、犬子力発電所、犬太陽、犬宇宙に犬ブラックホール、犬ガンマ線バーストにより犬地球崩壊が起こる。そんなことを夢見つつ、私は現実逃避のためにこの原稿を書き進めるのです。

さて、私が小説についての勉強をはじめてから長い月日が過ぎ、そのあいだにいろいろなことがありましたが、ここはみなさんのためにちょっと有意義な話をしてみましょう。

新人賞のことです。

とりあえずなにはともあれ、作家になるためには原稿を書いて新人賞をとるのが王道です。

私の調査したデータによると二〇〇〇年を境に、それまで二〇個くらいだった小説の新人賞が一〇〇個くらいまでに増えています。ここ数年のラノベレーベルの増加を見ていれば、当然みなさん気づいていると思いますが、そう、そのほとんどがライトノベルの新人賞なのです。

数が増えれば当然チャンスも増えます。

単純に考えて五倍チャンスが増えているのです。

しかもライトノベルの新人賞は、他の賞とちがって、一次選考で落ちても応募者全員に評価シートなるものが送られてくるというありがたい代物です。もはや受験システムです。私はまったく受かる気がしません。なぜなら受験なんてしたことないからです。

「なんだよこれ！　小説なのにこの評価シートってなんだよ！　しらねえよこんなの！うぜえよ！」

……と、当時の自分なら思ったことでしょう。

小説というのは「もうこれしかない！　これをやるしかない！　これができなければ死ぬしかない！」という人間のものなのであって、こんな受験システムはクソだ！　と心の底から思っています。

しかしながら、世の中の小説が全部そんな情念だらけのものだと、これまたつまらない。毎日ラーメン二郎で麺硬めアブラヤサイマシマシカラメニンニクのクレイジーなマゾ飯を食っていたら死にます。たまには家で玄米を炊いてみそ汁をつくり、質素な食卓を楽しみたい。そんな人もいるでしょう。

要するになにが云いたいかというと、私が読みたい／書きたい、と思っているものとあなたたちが読みたい／書きたいと思うものは絶対に一致しないということです。

これは読者と書き手にも同じことが云えます。あなたや私が書きたいものは、読者が読みたいものと一致しているわけではないのです。

そこで、我々書く側の人間としてはふたつの方法をとることになります。

（1）ガン無視して書く。

（2）読者のことを考える。

自分勝手にガン無視しつつ、同時に読者の要求も満たす。これが無意識にできるようになれば最高です。たまにどちらかだけをやっても成功する場合があるのでそれはそれでOKです。ちなみに私はすべてに失敗してきました。だからこそ実感を持ってこういうことを云っているわけです。教えられることはなにもない。

そろそろ犬が膝にのっているのがつらくて、紙幅がつきてきましたのでこのへんで。ちなみに私は猫派です。

（「宇都宮文学」／二〇一三年）

死

死にたい。

みなさんはそう思ったことがあるだろうか。現代社会に生きる人々の多くが、生きることに苦悩を抱えている昨今、八割くらいの人は思ったことがあるのではないだろうか。だが、この文章を読んでいるということはあなたは生きている。あるいは、死んでいることに気づいていない（近くに塩が盛られていないか確認せよ）。

「死にたい」というのは重い言葉である。軽々しく使うことはためらわれる。死はあらゆる物事の最終手段であるため、その言葉の裏には「おれの要求をのまなければおまえのせいで俺が死ぬ！」というヤケクソで有無をいわせぬ自暴自棄な強制力が感じられる。しかし、私の周りにいる真面目な人たちを見ていると、「死にたい」と云えないがために、ひとりで鬱屈（うっくつ）をため込んで結局は病んでいく、という人のほうが多い。「死にたい」と云えないこともまたツライことなのである。

ならば毎日「死にたい死にたい」と云い続けながら生きていくほうがいいのか？　いや、それのほうがツライのではないか。毎日「死にたい」と云っている人間とは、多くの人はあまり友達になりたくないだろうし、もともと友達だった人間からも嫌われて距離をおかれてしまい、ますますツライ気持ちになるだろう。

そんなわけで、本当に生きるのがつらくて「死にたい」ばかり云っている人は、負の連鎖的にますますツライ人生にならざるをえない。かくいう私も「死にたい」と思わず書いてしまいがちである。ふらりと遊びにきて、なんとなくぼーっと近所を散歩して飯でも食うような友達がひとりいれば気分も楽になるのだが、大人になるとそんな友人はいなくなる。

そんなときは、そう、本を読むのだ。本というのはそういう孤独な人のために存在するのです。ソーシャルメディアやネットでコミュニケーションがゲーム化しようとも、本はたぶんなくならない。なぜなら、少なからず人は「孤独になりたい」という欲望があるからであり、それをみたすのが本の役割だからである。

しかし……本を読む気力もなく、朝、布団のなかで起きてからずーっと二時間くらい悶々と嫌なことが頭をかけめぐり、ああでもないこうでもない、ああかもしれない、こうかもしれない、などと悩みをこねくり回し、疲弊し切って目覚めれば、もうなにもやる気が起きない——そんな毎日を過ごしている人間はどうしたらいいのか？

私は躁鬱ほどではないものの、気分の浮き沈みが激しい人間で、浮いてるときは別に良いのだが、沈んでいるときは瞑想にふけることがある。部屋には神棚が飾られ、そこには初音ミクが鎮座している。自らの信仰を創り出して苦しみから逃れるために、日夜試行錯誤を繰り返しているのである。

……こう書くと完全にアレな感じだが、実際アレな感じだ。人生が苦しい。たまに面白いけどキホンは苦しい！　仏教風に云えば「一切皆苦」。この苦しみから逃れるにはどうすればいいのか？　そんなことをずっと考えている。だが仏教の本を読むとあっさりと答えが書かれてあった。苦しみ自体を消去してしまえばいいのだ。つまりなにかをしたいけどできない、というこの「なにかをしたい」というもの自体を思わなければいい。このエッセイのタイトルになっている「めんどくさいしどうでもいい」というのはそういうことなのである。どうでもいいと思え！　しかし、これは正しいのだろうか？

人は努力してもどうしようもない状況に長く置かれると、「どうせ無理だ」とばかりに努力しなくなることがわかっている。これは「学習性無力感」と呼ばれ、一九六〇年代にマーティン・セリグマンという心理学者が発見したものである。「どうでもいい」この後ろ向きな感じはまさに無気力の学習……私が云いたいのは、我々は、そうした後ろ向きや前向きを超越した「どうでもいい」に到達すべきだということである。ニヒリズムを越えたニヒリズム、どうでもいいを超えたどうでもいい。その境地にあるものは「自由」だ。なにごとにもとらわれず、自由に生きること。

……って、そんな簡単にできりゃ苦労はねえんだよこのにわか悟り系自己啓発bot野郎！　こちとら俗世と煩悩にまみれたダメ人間。自由を手に入れたところで、毎日ネットでエロドウガーをＤＬして人生を浪費することしかできない悲しきホモ・サピエンス。

自由になれない……！　どうしても！　そんな人はどうしたらいいのか？

そんなことを考えているときに、ちょうど、ポール・トーマス・アンダーソン監督の映画「ザ・マスター」を見た。この監督の「ゼア・ウィル・ビー・ブラッド」は傑作だが、今回は傑作とは云い難い。なにせあまり筋に起伏がない。物語を簡単に説明すると、これは主人公である第二次世界大戦の帰還兵（人格破綻者）が、宗教団体の教祖と出会ってその信者になる話である。教祖と信者、というと、思いつくのはだいたい入信↓人生破滅↓教祖がニセモノだとバレる↓洗脳から目覚める↓憎しみ合う……みたいなドラマがお約束であるが、この映画はちょっとちがう。帰還兵がたまたま密航した船の船長が教祖で、主人公が彼に密造酒を作ったらすごく気に入ってそれで仲良くなるというユルい展開だ。教祖の教義というのもすごくて、人間は何兆年前かに邪悪な宇宙人に囚われてこの肉体に封印されたから、そこから自由にならなくてはいけないというもの（これはモロにサイエントロジーの教義）。ぶっちゃけ教義は穴だらけで、物語の初期段階で観客に突っ込まれて教祖はしどろもどろになる。それでも主人公は教祖を信じて一緒にいる。

しかし、どうも不思議なのだ。主人公は教祖に心酔しているのではなくて、なんだか仲がいい友達かアニキと一緒にいるという感じなのである。この映画は宗教や信仰よりも、男の友情の話にしか見えない。どうでもいい夢の話を共有して、それをふたりで信じて生きる少年のままの男の話。信仰や教義などではなく、心の傷と挫折感がふたりを結びつけている。だから、教祖が成功したとき、主人公は現実にかえっていく。人は同じ傷を持ったものしか癒せない。ラストで教祖が主人公を見つめて「On a Slow Boat to China」を歌うシーンは実にホモソーシャルだが、非常に切ない。結局、主人公は自由にはなれなかったが、最後に元通りの女好きに戻った主人公はすこし晴れやかです。

完全に自由に生きることはできないかも知れない。けれどその苦悩を背負うことで、今より少しくらいは自由になれるかも知れない——というのはまあ凡夫である我々にとっては福音ではなかろうか。

なぜ今回、こんなことを長々と書いているかというと、今、私が猛烈にダウナーだからです。それだけです。それ以外のなにものでもない。でもダウナーであることを認識できている私は大丈夫である。まちがいない。実際のところ、私に保証されている自由というのは、こうしてなんでもいいから文章を書けるということくらいなのだが。あまり考えないことにしよう。どうせ七〇年後くらいには死んでいる。まさに「On a Slow Boat to China」、問題回避のための遠回りだ。まあ、めんどくさいしどうでもいいんですが。


（タバブックス／「生活考察」vol.5／「めんどくさいしどうでもいい」／二〇一四年）

依存

仕事をしていると引き出しの奥で、なにかが震える音がした。

携帯電話の着信だろうか。否、そんなはずはない。なぜなら私は携帯を持っていないのだから。

持たぬ理由は簡単で、重度の携帯依存体質だからである。携帯を手にすると、起きているあいだ常にいじってしまうのだ。脳に携帯を埋め込む手術があれば、迷わず受けたいと思ったほどだ。あらゆることに集中できず、さすがに自分でも危険を感じるレベルになったので、きっぱりと携帯を持たぬことにした。待ち合わせや、打ち合わせ、あらゆる場面でとても不便なのだが仕方あるまい。

震える引き出しをさぐってみると、そこには契約を解除した古いスマートフォンがあった。少し前に充電した電池が残っていたようだ。リマインダー機能が今日の予定を知らせている。確認してみると、Ｋという友人の名前。

そうか、今日は命日か。

Ｋは五年前のこの日、自ら命を絶った。理由はわからない。私はいまでもよく彼のことを思い出す。死んだ直後は、なにか自分にも責任があったのではないかと考えてしまい、その気持ちをどうにかしようとしていた。

死んだ人間への責任といっても、本人はもういないわけで、なかなかに難しい。どうしたって、それは生きてる側の自己満足にすぎない。それなら、安易に一方的な答えを出すよりも「わからない」という宙づりに耐えるほうが誠実に思え、楽になるのではなく、その気持ちを抱えつつ、いろいろな文章を書いてきた。彼について考えた本も書いた。

しかし、そのなかで私は、ひとつの「依存」に気づいてしまった。どうやら私は生前のKに「依存」していたようなのである。年下で作家になりたかった彼は、作家である私のことを尊敬していたようだった。私はそのことに満足し、とくに何をしなくとも許されているような気分になり、ますます努力をしなくなっていた。相手から依存されることで、自分は価値がある人間だと思い込み、その関係に依存することを共依存と呼ぶが、まさにそれだ。そのようなだらけた態度が、最終的に、彼に失望を与えたのかも知れない。

だがよくよく考えてみれば、何も頼らず生きてる人間など存在しない。

子供の頃は親に依存するし、成長すれば友人や恋人に依存し、大人になれば、お金やお酒や仕事に依存する。健全な依存と、不健全な依存があるだけで、人はなにかに依存している。そのことに気づいたからといって抜け出せるわけではないのが依存であるが、気づかないよりはマシである。

黒いスマートフォンをいじってみる。いろいろな機能をとくに意味もなく試し、気づいたら一時間経っていた。どうやら……また依存していたらしい。連絡先を開いてみると、Kの番号やメールアドレスがまだ消せずに残っていた。私はすこし迷ったが、それを消去した。

私は今、新しい携帯を持っている。小さな青いそれは、着信しか受けられない、いわゆるキッズケータイである。

（東京新聞／二〇一四年六月三日）

迷いや悩みをなくす方法

頭のなかが単純だったせいか、子供の頃、私は迷ったり悩んだりしたことがなかった。どんなことがあってもだいたい一晩寝れば忘れた。牧歌的（ぼっかてき）な田舎の平凡な家庭に生まれ育ったので、悩むほど重大な事件が起きなかったせいもある。ある意味で幸せだったのだろう。

だが、成り行き任せになんとなく生きていられたのも最初のうち。一〇代の終わりにフリーターからホストになり、二〇代で上京してゲームを作ったりデザインの仕事をこなしつつ物書きになって、それなりの人生の辛酸をなめ、四〇歳を目前にした今。私のなかには「迷い」と「悩み」が抱えきれないほどあり、日々、その重みは増すばかりである。

今年、数年前に、「自由になりたい」と云い続け、究極の自由としての自殺を選んだ友人Kのことを想い一冊の本を書いた。どうして彼がそんなふうに考えたのか、自分なりに考えてみたのである。

本になると、なにかひとつの問題が解けたような気になるが、そんなことは気のせいだ。そう簡単に悩みがなくなれば宗教なんてこの世界には必要ない。やっぱりなにも解消されていないのである。

なんとかしてこれを解消する方法はないものか……。

「迷い」や「悩み」をなくす方法などない。

それらは一生かかって付き合っていくものなのだ——と多くの人は云う。

しかし、果たして本当にそうだろうか？

否——古今東西の宗教書を読んでいると、どうも「迷い」や「悩み」を完全に消す方法は存在しているようだ。

かつて、宗教を一緒に研究していたとある私の友人（仮にXとする）は、それを手にし、ある日いわゆる悟りの境地にたどり着いた。

びっくりした。

文字にするとまったくびっくりしていないようだが、本当に驚いた。

Xは元来悩み癖があって、全人類の苦悩を背負ったように、何につけても苦悩する人だったのだが、ある日、本当にまるでなにかすべての苦痛が取り払われたような悟りきった顔になってしまった。

家庭を捨てた彼には、家も捨てた彼には、会う人会う人に「あの人ってどっかの教祖なの？」と本気で云われるような風格が備わっていた。

彼によると「毎日の瞑想と許し」によってそれは可能になったのだという。だが、教えてもらったテキスト（とあるスピリチュアル系のもの）を実践してみても、私には何も起きなかった。

人が変わるには「底打ち体験」や「回心体験」などが必要だ。

それらはどれも極限まで人生の底を見て悩みきったときに起きる現象である。Xは悩みの底までたどり着いてそれを摑んだのだろう。前述した、死んでしまったKは、逆に底の中で別のものを摑み、自ら死を選んだのかも知れない。中途半端な凡人である私は、この二人のように、そこまで徹底して悩むことができそうにない。

究極的には「救い」は存在している。

しかし、それは徹底的に絶望を見つめて限界を超えないと見えてこないものだ。

自分を含め、この地球に生きている人間の大半の悩みというのは、生死がかかっているようなものではなく、ただあの人と上手くいかないとか、生活をもっと楽にしたい、という生活に根ざしたものなのだ。多くの人類が求めているのは「ちょっとした問題解決方法」であって、究極の救いなどといった大それたものではない。

では凡人たる我々はどうすればいいのだろう。

……それがわかれば悩んだりしない。ただ、凡人の私が今も毎日やっていて、多少は効果があることを二つ教えたい。

まず、一つ目は「秘密ノート」。朝起きたらA4のノートに三ページ、なんでもいいから書く。書くことがなければ「書くことがない」と書けばいい。とにかくひたすら頭のなかのことを吐き出すのだ。文章もめちゃくちゃでいい。これによって頭がクリーニングされてスッキリする。決して誰にも見せてはいけない。

二つ目は「夕方のランニング」。好きな音楽やラジオを聴きながら、買い物などその日の小さな用事をすませる。走る時間は自分に合ったものでいい。要は気分が晴れればいいのだ。

この二つはけっこう効果がある。一つ目のノートは瞑想に近い雑念を捨てる効果があり（心理学者フロイトもやっていたらしい）、二つ目のランニングは……ランニングだ。説明不要だろう。私からアドバイスできるのはこのくらいだろうか。

ところで、冒頭で私は子供の頃、悩んでいなかったと書いた。

そう思っていたが、あるとき親に、

「小学校の頃、あんたは学校でいじめられていて私は毎日心を痛めていた」

というようなことを云われた。そんなこともあったかも知れないが、やはり私はあまりそのときも深くは悩んでいなかったのだ。ただ、「まあ、気にしなければいい」くらいにしか考えていなかった。

本人が悩まない場合でも周りが悩む、ということがあるらしい（そういえば前に知人に「秘密ノート」を見つけられたとき、「狂ってる……大丈夫か？」と云われたのを思い出す）。

無限に続く悩みの力を発電かなにかに使えれば、世界のエネルギー問題などすぐに解決しそうだが、なかなかうまくいかないものである。

（ＰＨＰ研究所／「ＰＨＰスペシャル」／二〇一五年二月号）

人生はラーメンである

二〇一五年、四〇歳になった。

私は相変わらずぼんやりとした不安を抱え、東大前シェアハウス「仁愛クラブ」の和室で読書と昼寝に興じながら、だらだらと暮らしている。

先日、ここ「仁愛クラブ」を使って撮影会が行われた。なにやら『緊縛男子』という写真集が出るらしい。モデルとして和服で緊縛されている己の写真を見ながら、臨終間際の遺影にはこれを使おうと考えている自分がいた。

気づけば四〇代。これまでの三〇代とは圧力が違う。三〇までならまだなんとか引き返せる予感があったが、四〇はだめだ。


人生をラーメンで喩えるなら四〇というのは、「替え玉なし」の状態だ。三〇代までは、「まだ替え玉いけるかも」と思っていたのに、四〇に足を踏み入れた途端、替え玉を追加する余地はなく、満腹感と同時に「え……でも、まだスープ残ってるからちょっともったいない気もするな……」という、アンビバレンツな気分になる。

私は何を云っているのだろうか。

ラーメンで喩えたせいで、余計にわかりづらくなった気がする。

要するに四〇代は、行くも戻るも辛い時期なのだ。当事者が云うのだから間違いない。海外のさまざまな研究を見ても四〇代がつらいのは自明。

ところが、どうやら四〇代のピークを越えると、そこからはかなり人生が好転してくるというデータもある。どん底を味わったからこその居直りかもしれない。ラーメンで喩えると二郎系を毎日食べていたデブが普通のとんこつを食べると、そうめんみたいに感じるようなものだろう。いずれにせよ身体に悪いし、ラーメンであることには変わりがない。いつか不調をきたす。

ならばそもそもラーメンを食べなければいいのだが、しかし、ラーメンくらい自由に食せぬ人生に意味があるだろうか。否。そんな人生、生きる価値がない。たかがラーメンに躊躇（ちゅうちょ）するくらいなら、生まれてこないほうがいいだろう。生きている以上、常にリスクに晒されている。

負の感情が強すぎる。

なんだか好きでもないラーメンを比喩につかったせいで過剰に憎しみが漲（みなぎ）ってしまう。ここはもっと明るい気分で、四〇代に対しておおらかに接することにしよう。

そう、四〇代にもいい面はある。

先日、私は映画に出演した。瀬戸内のアートスポット「直島」を舞台にした、フランス映画である。監督は Claire Laborey というドキュメンタリー作家。取材で、よく島に行っていたのだが、そのときに現地の人の紹介で出会った。

映画タイトルは「ＮＡＯＳＨＩＭＡ（Dream on the tongue）」。このような形で映像に残るのは光栄である。いずれ葬式で流して欲しい。

あと二〇年もすぎれば私も年金生活だ。その頃にはもう、仕事のプレッシャーや体力の衰えに悩まされることもなくなる。

たぶん、毎日ゆっくりとした時間を過ごしながら、健康に気を使いつつ、たまに温泉でも行って……いやまて、そもそも私は年金を払っていない。

結局は店でラーメンを食べる金もなく、袋麺をかじる日々が待っているのかもしれない。

いや、むしろパスタのほうが安いだろう。お洒落（しゃれ）だし。イメージがいい。

なぜラーメンの比喩ではじめてしまったのだろう。

好きでもないのに、わかりやすいから良いだろうという安易な思いつきでやってしまったが、結局のところ消化不良を起こしてしまったようだ。

次はもっと好きなもので喩えようと思う。例えば……カレーとか。

いや、また同じ過ちを繰り返すだけかもしれない。

結局、四〇代というのは、何を喩えにしても腑に落ちぬものなのだ。

（書き下ろし）

熊本時代 II

2016/2021

「アーティファクト」

その日私は関空から福岡へ向かう飛行機の中にいた。

朝六時近いというのに機内は満席だが、そのことに疑問はない。当然だろう。なにせこの飛行機は熊本地震の被災者向けで、搭乗料金は無料なのだ。もともと安いＬＣＣとは云え太っ腹だ。なかなかやるなあＰｅａｃｈ。

震災は、私が東京から熊本に引っ越した数日後、四月一四日に起きた。

荷物をそのままに、すぐに家族で私の実家の姫路に避難した。神戸、東北、熊本、と大きな震災を経験するのはこれで三回目だが、慣れないものだ……と、まあそんなことを考えていたら、隣の座席の外人がさっきからじっとこちらを見ているのに気づいた。三秒後、

「その時計、どこで買ったの？」

と話しかけてきた。

「Ａｍａｚｏｎで三〇〇〇円ですよ」と答えると、「昔ぼくが仕入れてた時計なんだよ。懐かしいなあ」表情を変えずに彼は淡々とそう云った。

ハイムという名前の彼は、三五歳イスラエル生まれ。今は福岡で宝石商をしているらしい。打ち解けたところで宝石の原石を見せてもらったが、かなり小さい粒だった。それでも原価は三万くらいで、卸七万で売って、流通するころにはこれが二〇万くらいになるら

しい。うーん、高いのか安いのか良くわからない。興味が出てきたので彼の境遇について
いろいろ聞いてみると、なんだか複雑だ。
奥さんがいたけれど今は別居。理由をきいてみると、若いからいろいろあったね、とい
う。どうも日本人の貞操観念が受け入れがたいようだ。
「女が男と飲みに行ったりするのはおかしい。昔のイスラエルなら殺されているかもしれ
ない。男もみんな浮気している。おかしいやろ。ありえん」
興奮するとちょっと福岡弁がまじるらしい。若いころに地元のカナダ人と知り合い、
「福岡いいよ」というので出てきたらしいが、普通はそんな簡単に行かないだろう……。
住み心地はどうだと聞くと、
「日本はすべてアーティファクト、作り物だ。アフリカに行ったことあるけどあっちは違
うね。食べたものがすべてパワーになるし、どこにだって生き物がいる。今この飛行機だ
って俺たち以外だれも話してない。虫もいない。クリーンだけど、飼いならされているん
だよ。去勢されてる」
淡々とそう云った。村上龍の小説のキャラかよ。と突っ込みたかったが、あまりにマジ
なので私も神妙な顔で、
「そうか……アーティファクトか」
と返すほかない。うなずくハイム。隣の若い女性客が嫌そうに我々を見ている。着陸の
時間がやってきた。飛行機を降りるとき、ハイムが、

「もしかして君は有名人か？」

と云ってきたので、ドヤ顔で「アーティファクト」と返すと、彼は無表情に去っていった。私は失敗に気づいた。アーティスト、と云ったつもりだった。

（双子のライオン堂／「草獅子」Vol.1／二〇一六年）

舐瓜論（めろんろん）

一

海猫沢めろん、というペンネームで仕事をしてきて一二年。今だから云うが、メロンが嫌いである。

なにが嫌かというと、フルーツのくせにちょっと青臭くてキュウリっぽいところが許せない。私にとってのフルーツというのは甘酸っぱいものであり、それ以外はフルーツではない。心が狭いとか、美味（うま）いメロンを知らないんだろうとか、どうでも良い。嫌いなものは嫌いだ（ペンネームからお察しの通り、私は偏屈で天邪鬼である）。

さらに云えば、世の中のメロンに対する信仰心もどうかと思う。病院の御見舞にメロン、上司へのお中元にメロン、仏壇のお供え物にメロン。メロン＝高級という、忌むべき思考停止。

「とりあえずメロン買っときゃいいだろ」という形骸化した行動を批判するのは容易い。だが、あの気味の悪い緑の球体が、人の神経に何らかの影響を与えている可能性も否めない。ここはひとつ、メロンを憎んで人を憎まずの精神で行きたい。

それはともかく、なぜこんな筆名にしてしまったのだろう。一二年目にして私は苦悩している。

嫌なら改名すればいいのだが、一二年も海猫沢めろんをやっていると、案外しっくり来るものである。どのくらいしっくり来ているかというと、スーパーで子供がメロンという単語を叫んでいるのを聞くと、びくっとして振り返って返事しそうになるほどだ。

ちなみに、子供に「こんにちは。めろんです」と挨拶すると、ほぼ確実に笑いが取れる。なぜか世の中の子供たちは、メロンが大好きなのだ。彼らに理由を聞いても、ただ美味しいからとしか云わない。ここでも、嘆かわしい思考停止である。

ところで、このめろんという名前の一番困ったところは、初対面のひとに必ずペンネームの由来を聞かれるところだ。別に由来などないのだが、それでは人は納得しない。最近では面倒なので、「好きなアーティストがよしもとばななと椎名林檎だったんで、彼女たちよりも高そうなフルーツということでメロンにしました！」と、もっともらしいことを云うようにしている。もちろん嘘だ。

と、書いていて、いま大変なことに気づいてしまった。なんたることか、これこそ明らかにメロン＝高級という思考停止ではないか。

ちなみに、私の一番好きなフルーツは苺だが苺に改名する予定はない。

二

今年の四月、九年間浪人していた妻が熊本大の医学部に受かったので、熊本市内に引っ越した。東京にも、一〇年以上暮らしている家を残しているので、いわゆる二拠点生活である。熊本に行って生活用品を買い揃えたところで四日後、まさかの地震……参った。親類縁者のいない土地というのに加え、思わぬ災害。出鼻をくじかれたものの、こうして半年ほど経つと町をぶらつく余裕も出てくる。

町なかでは震災後の痛々しい風景も目につくが、外から来た人間として気になるのは、やはりその土地の名物料理である。

私が住んでいるのは中央区のはずれだが、近所に成趣園という和風庭園がある。映画「ラストサムライ」のロケにも使われたことで有名なここでは「いきなりだんご」という団子が売られている。いきなりの来客時に作ったという由来通り、非常にシンプル。薩摩芋とあんこを団子で包んで蒸しただけである。味の方も素朴だ。

すこし足を伸ばし繁華街を練り歩くと、そこかしこに「馬肉」「辛子蓮根」「一文字グルグル」の文字が見える。「馬肉」と「辛子蓮根」はともかく「一文字グルグル」とはなんぞや？　さっそく近くの居酒屋に入って注文してみたところ、ぐるぐる巻かれた緑のネギの上に、ぬたを乗せたものが出て来た。うーん……そう来たか。

別の日に、日奈久温泉へ向かってみた。ここの名物はちくわらしい。売店でチーズの入ったちくわ天を買い、帰りの電車で生ぬるいそれを食べる。うむ……いつものちくわとの差がわからない。

先ほどから微妙な食べ物をばかりを紹介しているようで気が引けるので、復興支援のためにも、とっておきを紹介しよう。

まず間違いないのが、阿蘇いまきん食堂の「あか牛丼」。たっぷりのあか牛と特製のタレが絡み、濃厚なのに胃もたれせず完食できる。ただ、市内からけっこう遠い。手軽に食べるなら、市内の中華料理屋で「太平燕」を頼むべし。麺が春雨（はるさめ）なのであっさり。こってり系ラーメンが苦手な人にもオススメ。そして一番意外な美味さだったのが「ネギパン」。先週、島原行きのフェリーに乗るために、港へ行ったら売店で売られていた。食べてみて驚いたのだが、ネギが練り込まれたパンに、鰹節（かつおぶし）と、マヨネーズとソースが挟まれている。味はお好み焼きに似ているような気がするが、とにかく意外性がある。調べてみると日本全国ご当地パン祭りで二位になったこともあるようだ。知らなかった。

まだまだ熊本には私の知らない食べ物がありそうだ。復興支援とは無関係に、さらなる探求を続けたい。

三

普段は主に小説を書いているが、今年の夏にルポを刊行した。最新科学を通じて、人間とは何かを考えた『明日、機械がヒトになる』という本である。

人工知能は部分的には人を超えているし、VR（バーチャル・リアリティ）のなかの異世界は、脳レベルで本物と見分けがつかない。最新のテクノロジーは人間の定義自体を揺さぶり、変えてしまうレベルに来ているのではないか、というようなことを書いている。このテクノロジーの波は、食の世界にも迫っている。

例えば、かつて、スペイン出身の料理人フェラン・アドリアの伝説的レストラン「エル・ブリ」で出されていた、メロンの球状キャビアというメニュー。これは、アルギン酸ナトリウム水溶液と炭酸カルシウムを使って液体を球状にしたもの。液体窒素や注射器を使った彼の料理は分子ガストロノミーと呼ばれ、その舞台裏は厨房というよりもラボといった趣（おもむき）だった。

先進的なシェフの間ではすでに分子ガストロノミーは一般化しているが、さらに現在は脳科学を取り入れた「ニューロガストロノミー」というものも生まれている。人はストロベリームースを白い皿で出すと一〇％甘く感じる——といったもの。

まあ……これなどは日本の屋台で昔から使われていた手法だ（夜店のかき氷シロップは、実は全部同じ味。色で人は味を錯覚する）。なにかセコい感じもするが、VRゴーグルをつけて見た目で味を変えるレストランというアイデアもあるらしく油断できない。

それより私が気になっている先鋭的な食品がある。それが「完全食」である。完全食とは、文字通りそれだけ食べていれば生きられる食品である。すごい。献立を考えたり、食事をするのが面倒だという私にピッタリである。アメリカのクラウドファンディングで資金を集め、先ごろ発売された「Soylent（ソイレント）」が有名。だいたい一食三〇〇円ほどで、見た目はドロドロの液体。残念ながら、あまり味が良くないとか……。

しかし、ここで朗報だ。同じようにクラウドで資金を集めた国産品の完全食「ＣＯＭＰ」は日本人好みの味になっているらしい。さっそく手に入れてみた。見た目はたまに飲むプロテインそっくりである。水で粉末を溶かして飲んでみる。なるほど……プロテインそっくりだ。まあ、それなりに飲めるし、空腹は感じない。よし。今日からこれだけを一生飲み続けるぞ！

そう誓った翌日、私は気づくと牛丼を食べていた。いくら完全食とはいえ、さすがにこれだけを一生飲んで生きるのは辛い。

持って生まれた怠惰な人間性は、テクノロジーでもなかなか変えられない。

（朝日新聞be／「作家の口福」／二〇一六年一二月二日、九日、一六日）

アンドロイド漱石は電気猫の夢を見るか？

引っ越したせいかスランプである。

漱石、鷗外、乱歩——東京の谷根千あたりで暮らした作家たちにあこがれ、いつか自分も作家になってそこで暮らしたいと思っていた。気づけば三〇代の頃に夢は叶い、谷根千あたりの一軒家にかれこれ一〇年近く暮らした。このままずっとここで暮らすのだろうと思っていたのだが……今、私はなぜか熊本にいる。妻が医学部に入り直したため、家族で転居することになったのだ。そもそも生まれ育った地方都市が嫌いで東京にやってきたのに、また地方都市とは。しかもほとんど知り合いも縁者もいない。

失意のうちに町を歩いていると、ふと知った顔を見かけた。ポスターや看板、名所、熊本市内を散策すると至る所で彼に出会う。そう、夏目漱石である。明治二九年から二年ほど、彼が熊本で大学の英語教師として暮らしたのは有名な話だ。期せずして東京、熊本という漱石と同じ道を辿っている私であるが、さらに思わぬところで漱石と再会した。

私は普段小説を書いているのだが去年、『明日、機械がヒトになる』という最新科学ルポを刊行した。そのなかで人間そっくりのロボットであるアンドロイドを作っている、石黒浩さんという博士に取材したのだが、昨年、彼が作った新しいアンドロイドが「夏目漱石」なのだ。自分の小説を朗読するアンドロイド漱石をネットで見ていると、単純に最近の技術の発展に驚かされる。当時の最新科学にも造詣が深かった漱石なら案外喜びそうだが……しかし、これに一体なんの意味があるのだろう……と多くの人は首を傾げそうだ。確かにその感覚は一般的なものかも知れない。けれど私は、アンドロイド漱石に違和感を持つと同時に、妙なリアリティも感じていた。目の前で動いているアンドロイドは、圧倒的に「身体」を感じさせるのだ。これは想像しているだけでは感じられなかったものだ。

つまり、漱石アンドロイドは、良くも悪くも、テクノロジーによって私のイメージを更新したのである。最近のテクノロジーには、「身体感覚」を変えるものがある。例えばＶＲ（バーチャルリアリティ）もそうだ。

ゴーグル型のディスプレーで視野をすっぽり覆ってしまい、風景を〇・〇二秒より早い描画速度で投影すると、人間の脳はその空間を現実であると認識してしまう。それを利用し、最近は実際の統合失調症の患者が見ている世界を、追体験することができるＶＲも存在する。幻覚や幻聴など、なかなか理解できない病状をリアルに体験できるのだ。

漱石は一時期、かなり精神のバランスを崩していたようだが、彼の幻視していた世界を、今はテクノロジーで覗くことができる。そのうち、ＶＲで漱石になって執筆までできないものか。いや、無理だ。漱石もまた熊本では小説を書けていなかったのだから。

（都市出版／「東京人」／二〇一七年三月号）

画面の分裂

スマホを捨てて五年以上が経った。

インターネット依存症と云ってもいいほどのネット中毒だった私にとって、スマホは悪魔の道具だった。

なにせ、起きている間は常にネットとつながっていられるのだ。

朝から晩までゲーム、マンガ、アニメ、ニュース、ＳＮＳ……あらゆる情報にアクセスして延々と情報をため込んでいると、自分が単なる情報処理マシンになったような非人間的な気持ちよさがあった。

朝は睡眠管理アプリで自分の今日のコンディションを調査。ＴＯＤＯリストで仕事を整理。昼は食べログ高評価の店に行き、夕方はランニング管理アプリで汗をかいて、夜はヨガアプリでメンタルヘルスを調整……できていない……。

というわけで、私は五年前にすっぱりとスマホを捨てたのだった（実際はスマホどころか携帯電話すら持たない時期が一年近くあったのだが、周りの不評によりキッズケータイに。そして今はガラケーになっている）。

世間のみなさまはスマホを持ってよく正気でいられるものだ……いや、もう狂っているのかもしれない。

電車のなかで賢そうな大人たちがどんな意識の高い記事を読んでいようとも、その見た目はうすっぺらいガラス板を指でこすったりたたいたりしているサルだ。こないだSF映画の古典的名作であるキューブリックの『2001年宇宙の旅』を見たのだが、冒頭でサルが黒い石版〈モノリス〉に触れて人へ進化するシーンがスマホを手に入れた人類のメタファーにしか見えなかった。

初代iPhoneの発売が二〇〇七年。日本でiPhone3Gが発売されたのが二〇〇八年。一〇年前、スマホがなかった時代から考えると人類は進化したような……してないような……。果たして人はスマホで賢くなっているのだろうか？

そもそも人間の脳は便利な道具や環境を手に入れることで、どのくらい変化するのだろうか？

この問題について私が知っている有名な話は、『ネット・バカ』に書かれた、かの有名な哲学者フリードリヒ・ニーチェのものだ。

もともと病弱だったうえに戦争で傷を負っていた彼は、三〇代半ばごろヨーロッパ各地を転々としながら体調不良と折り合いをつけていたが、その数年後ついに限界に達する。視力が落ちて、頭痛嘔吐の症状に苦しめられもう執筆できないのでは……というところまで追い詰められたのだ。

そこで彼はとある器械を導入する。

〝万策尽きた彼はタイプライターを注文した。デンマークのマリング＝ハンセン製ライティングボールだ。下宿に届いたのは一八八二年初頭のことだった。コペンハーゲンにある王立ろうあ協会の会長、ハンス・ラスムス・ヨハン・マリング＝ハンセンによって数年前に発明されていたライティングボールは、奇妙な美しさを持った器械で、金色に飾り立てられたピンクッションのような形状をしている。大文字と小文字、数字、句読点から成る五二個のキーは、最も効率よいタイピングのために科学的にデザインされたという配列で、ボールの上面から放射状に突き出している。キーのすぐ下には湾曲したプレートがあって、タイプ紙がそこに固定される。キーを叩くたびこのプレートは、精巧なギア・システムによりスムーズに回転していく。充分な訓練を積めば一分間に八〇〇字を打つことが可能であるこの器械は、当時、史上最速のタイプライターであった。〟

（ニコラス・G・カー『ネット・バカ』篠儀直子訳）

この結果ニーチェはなんとか執筆を再開、文体はタイトで電報のようなスタイルになり、それまでより軽やかで力強いものになったようだ。そのことを指摘した友人の作曲家ハインリッヒ・セーゲリッツに対してニーチェは、「執筆の道具は、われわれの思考に参加するのです」と答えたそうな。

うーん、やっぱり道具と思考って、ある程度は関係してるよなあ。

なんてことをぼんやり考えていたところ、さらにふと柳田國男の「火の分裂」の話を思い出した。

明治より前、まだ日本に電線網がじゅうぶんに行き渡っていない時代。家の中心に囲炉裏があって、家族はそこに集まっていろいろな会話を交わしていた。ところがロウソクやランプなどで、個室に火をもっていけるようになると、家族は分裂し、みんなが思い思いのことを考える時間が増えた。それによって人の内面もまた変化していった……というのが柳田の考えた「火の分裂」の趣旨だ。

〝彼らは追い追いに家長も知らぬことを、知りまたは考えるようになってきて、心の小座敷もまた小さく別れたのである。夜は行燈（あんどん）というものができて、随意にどこへでも運ばれるようになったのが、実は決して古いことではなかった。それが洋燈（ランプ）となってまた大いに明るくなり、次いで電気燈の室ごとに消したり点（とも）したりしうるものになって、いよいよ家というものにはわれわれと進んで慕い寄る者のほかは、どんな大きな家でも相住みはできぬようになってしまった。自分は以前の著書において、これを火の分裂と名づけようとしていたのである。〟

（『明治大正史　世相篇』）

「火の分裂」によって日本人の内面が作られていった……などとは柳田は云っていないのだが、そう思っていたであろうことは想像に難くない。

この「火の分裂」の話を最初に友達に聞いたのは、七年くらい前だっただろうか。そのときには「あれ、これテレビも同じだよな」と思ったのを覚えている。

かつて、昭和の家庭の中心にあったテレビ。それはいまやスマホにとってかわられ、みんながリビングに集まってひとつの画面を見るという風景は珍しいものになった。家にいてもひとりひとつの画面を持って、別々の画面を見つめている。テレビを見ながらスマホを見るという使い方も一般的だろう。

私は「火の分裂」に対して、これを「画面の分裂」と名付けたい。

さて、さきほどの話に戻ろう。もしも「火の分裂」によって近代日本人の内面が作られていったとしたら、それは、道具や環境によって人の心が変化したということにほかならない。だとすれば、現在起きているスマホによる「画面の分裂」は、どういった心を作るのだろうか？　知りたいのはそこだ。思いもよらないような奇妙なものなのか、それともあまり変わりばえのしないものなのか。

「画面の分裂」が作る新しい意識の形についていて想像をめぐらすのに、ちょうどよい書物がある。小児発達学部教授のメアリアン・ウルフが書いた『プルーストとイカ』という本だ。これは文字を読むという行為がいかに人間の脳を変化させるのかを、最新の脳スキャン技術で探った一冊。

〝私たちはけっして、生まれながらにして文字を読めたわけではない。人類が文字を読むことを発明したのは、たかだか数千年前なのである。〟

（『プルーストとイカ』小松淳子訳）

初期の人類にとって、字を読むという行為はまったく未知のものだった。しかし、ひとたび「読む」という行為を覚えると脳はものすごい速度で進化していったという。この本が主張したいことは「当たり前のように思っている〝読む〟という行為は、実は当たり前ではない」ということだが、もうひとつ重要な要素が「ディスレクシア（読字障害）」についてだ。

ディスレクシア。この障害を持つ人は、先天的に字を読んだり書いたりすることが困難だ。学習障害の一種で、昔からこういう人は一定数存在していた。

文字を読むのは主に左脳の機能だが、ディスレクシアは左脳の読字回路がうまく作れず、右脳の側を使う。そのために右脳の働きが強くなって天才的な能力を発揮する人もいる。例えば、アインシュタイン、ダ・ヴィンチ、エジソン、ロダン、ガウディ……などなど、彼らもディスレクシアだったらしい。

今、私たちが使っている無数の画面のひとつであるスマホはたしかに便利なデバイスだけれど、よく考えてみるとそこで使われているのはほとんどが「言葉」である。しかし、同時にそのなかで絵文字やＬＩＮＥスタンプやＩｎｓｔａｇｒａｍ、あるいは動画サービスなど、言葉によらないものも増えている。だとすれば……もしスマホがもっと発達して、文字を使わずに利用できるようになったとしたら、左脳ではなく右脳のほうが肥大化して今とはちがう発想をするようになるんじゃないだろうか？

あまりにも単純な発想だけれど、実際、人間が今のように賢くなったのは、肉やら果物やら栄養価の高いモノを食べて「認知革命」が起きたせいという説もある。スマホの普及によって、人はかつてないほどの情報量を頭に流し込まれている。栄養価が高くて認知革命が起きるなら、脳への情報負荷によって革命がおきてもおかしくないだろう。

デバイスによって人の意識が変化し、内面も変わっていく――昔からＳＦ作品でさんざん云われていたことだけれど、実際にそれが起きるのを見てみたいものだ。

たとえば、それは全人類がＹｏｕＴｕｂｅｒになるとか、文字がぜんぶスタンプになっちゃうとか、そういうショボいことかもしれないのだけれど。

（世界文化社／「i-D JAPAN」No.4／二〇一七年）

文学賞に落ちて考えたこと

先日、文学賞に落選した。

野間文芸新人賞の候補になったことを知らされたのは、確か九月のことだった。まず事務局から電話があり、七月に刊行された『キッズファイヤー・ドットコム』を候補にして良いか、可否を問われる。可ならば晴れて候補になるというわけである。

この賞のノミネートは二回目。一回目の周囲の反応は「え？　そんな賞あったの？　候補になってたんだ？　知らなかった」といった具合。

そうなのだ。

世間の人は日本の文学賞といえば、芥川、直木……ギリギリ本屋大賞くらいしか知らないのである。これは出版社の広報の怠慢（たいまん）だ。

せっかく賞があるのに、知られないと意味がないのだ。どうせなら審査の状況を生放送するとか、そういった読者を巻き込んだイベントにすべきなのだ。

とはいえ、候補者からすると落ちたら恥ずかしい。それはそうだろう。しかし、そもそもこういった小さな賞は、落ちたことすら誰にも知られてないのが現実なのだ。これでは業界内の狭い儀式になっていくのも当然だ。つまらん。よし、自分で配信やろう。

そんなわけで、当日はリアルタイムで自分の当落を配信することを思いついた。

そして当日、選考会が始まる一五時。

高田馬場のゲームセンター「ミカド」にはステージが作られていた。

なぜゲーセンなのか？　直感だ。

「せっかくだからステージ作っといたよ！」と笑顔で現れるI店長。

やべえ……マジじゃん……。完全にノープランだった私は焦った。すぐに配信がスタート。

「俺わかんないんだけど、これってどのくらいとる確率あんの？」と聞かれて、「一〇〇％です」と、即答したが、もはややけくそだ。

待つこと二時間。決まらない。携帯が鳴らない。スケジュールの関係でIさんは羽田に飛んだ。ステージに残されたのは私と、初対面の知らない人だ（だ、誰なんだこのひと……）。

「すいません……よろしくお願いします」

二人で配信を続ける。鳴らない携帯。そして開始から三時間が経過したそのとき。現場にいる編集者がなにかサインを送ってくる。

……え？　エーックス!?　エックスのファンなの？　ちがう？　バツ？　落ちたの!?

マジで？

なにも考えていなかったので、どういう反応をしていいのかわからない。

「あのぼく、最高に気まずいんですけど……」と、ステージにいる初対面の人。いたたまれず無言で帰るお客さん。とりあえず笑ってごまかすが、目が虚ろなのが自分でもわかる。

最高にみっともない。

気づくと家にいた。

じわじわと来る敗北感。賞というのは、時の運だ。審査員の好みもあるだろう。だがしかし、今回はとりたかった。連日のインタビュー。プロモーション。できることはやった。重版もかかった。でも私は満足できなかった。

二〇件ほど書店まわりをして、いかに「文学」という曖昧（あいまい）なジャンルが売りづらいか、書店さんの困った顔を何度も見た。作家個人ではなく、ジャンルとして盛り上げなくては未来がない。どのくらいの人が、この現実に危機感を持っているのだろうか。

もちろん誰に云われようが書くのが文学だ。その矜持（きょうじ）は誰でも持っている。だけど、ほんとに現場を見て、厳しい声を聞いているのだろうか。作家はそういったものとは無縁でいいというのは、単なる思い上がりではないのか。

とはいえ、単純に売れるものを書くのもなにか違う。答えは出ない。

鬱々（うつうつ）と考え続けていると、ふと、なにか晴れやかな気分になってきた。私は別になにかの賞をとって、作家になったわけではない。今も昔も、失うものはないのだ。また、気分を新たにして新しい読者に会いに行けば良い。

（集英社／「すばる」／二〇一八年一月号）

テロリズム

感情の赴くままキーボードをたたき続け、ただひたすら怒りをぶちまけることで精神的オナニーと精神的リストカットを同時に行い、あらゆる人間に不快感を与えたいという衝動だけで書かれた自爆テロのような文章が好きだ。

最近はどこを見てもそうした文章が減っており、ちまたにあふれているのは、単なるマウンティングとポジショニングでフォロワーを獲得するとか、バズることを狙って、ともかく人の感情を動かそうとする見え透いたＡＩみたいな文章――あるいは、クラスにひとりはいた優等生と、その優等生に対するマウンティングを行うだけの意図でひねくれた読書趣味と小難しい哲学やらなんやらをひけらかすだけで、その実なにひとつ理解できていない白痴とすら云えない、凡庸なただの平均以下の自意識過剰な猿の書いた文章ばかりだ。一文字たりともそんなものを目にしたくはない。いつからこんなふうになったのだろうか。私は最近ネットを見るたびに自分の心にゴミを捨てられているような気分になるので、極力見ないようにしている。みなさんも考えてみて欲しい、あなたが今日二時間見たネットの文字列のなかでなにか残っているものはあるだろうか。この一ヶ月でネットから得た有益な情報は、自分が費やした時間に対して本当に価値があるものなのだろうか。ぶっちゃけこんなふうに問いかけるまでもない。ほとんどがゴミだ。そしてそれを見ている人間は、積極的にゴミ箱になりたがっている知能指数が足りない白癬菌（はくせんきん）レベルの生命体である。こんなことを書くとすぐに批判してくる馬鹿がいるのがネット世界だが、紙の世界ではそういったことがないので安心である。もしいたとしても、この文章はそういうバカ発見器なので馬鹿はいますぐ反応して欲しい。もちろんすべてのネットの記事がクソなわけはない。私もクソではない記事だけを読んでいたいと願っているのだ。ではこの状況をどうすればいいのか。答えはわかっている。フィルタだ。フィルタをなんとかすればいいのだ。クソ記事をフィルタリングして良記事だけを読めるようにすればいいのである。そんなことができるだろうか？　確かにまとめサイトというものがあるが、まとめサイト自体がクソなので本末転倒だ。それも増えすぎて今ではまとめサイトをまとめるアプリがある。気が狂う。無限に増殖するデジタル情報にアナログ存在の人間が太刀打ち（たちう）できるわけがないのだ。気が狂う。しかし、あるとき私は気づいたのである。新聞とればいいじゃん。考えてみると新聞はまとめサイトのようなものなのだ。新聞は物理的制限があるので無限に時間を使われることはない。優勝。問題はどの新聞を取るかだ。新聞の話をすると、みんな右や左やなんやら政治的イデオロギーがどうのという話をし始めるのでこれまた面倒になってきて、しかも新聞はお金を取られるらしい。マジか。無料じゃねえのかよ。無料で配れよ。今時有料のものなんてクソしかないだろう。無料だったら読んでもいいと思ってたのに。歯医者の待ち時間にたまに新聞を読んでみるが本当に呆れるくらい時代錯誤なうえに営業努力がまったく見られない。今時こんな小難しい文体で誰もよむわけねえだろうが、もっと考えろよおまえは売り上げが終わってるのに文体や作風にしがみついて変えられない老人作家か。権威だけか。そういえば新聞、全部まともに読んだことないです。ごめん。全部イメージで云ってます。とにかく新聞は偉そうな口調をやめればもうちょっとは売れるんじゃないのかな。知らないけど。一体なんの話をしていたのかだんだん思い出せなくなってきた。とにかくもう情報が多すぎてうんざりだという話だったような気がしてきた。そうそう、フィルタである。フィルタ。どうやって泥水をろ過すればいいのか。フィルタ。そう、人間の脳みそや肉体自体がフィルタなので結局は自分がダメだとダメ情報が集まってくるというものすごい初歩的な、よくある話に落ち着きそうだがそういう話は聞きたくない。聞かない。私が求めているのはどうすれば努力などせずに徹底的に楽をして自分に都合の良い情報を得られるのかということである。しかも、ネトウヨだとか歴史修正主義者だとか、そういう批判を受けないような情報だ。ようするにバカだと思われないようなちょっと賢い情報を楽して得たい。楽して賢くなりたい。そういうことである。できれば努力などしたくない。みんなそう思っているはずである。人生は甘くないとか、苦労して学べとか、そういう御託はもううんざりである。本音で話そうではないか。我々はみんな苦労や努力などしたくないし、バカになりたくない。人生を楽しく過ごしたい。それのどこが間違っているのだろうか。なにも間違っていない。優勝。ここまでいろいろ云ってきたのだが、なんだかもう面倒になってきたのでバカでもいいのではないかという気分になってきた。いや、むしろバカのほうがいい。バカになろう。バカです。いや、もともとバカだった。ともかくこんなことをつらつらと書いていていてもしょうがない気がするが、そういうことを考えているのが最近の私の生活なのである。なぜこんなことばかり考えているのかというと、生活に行き詰まっているからだ。最近の私は結婚して子供を育てながら熊本の地で仕事をしつつ東京にもやってきて、二拠点で生活をしている。しかし、三日に一回は人生これで良かったのかとすべてを捨てたくなるのである。不満とも、後悔ともちがい、これは誰のせいでもない。完全に自分自身の問題なのである。私には理想の私がいて、それは東京に暮らす独身で貧乏でなんとなく楽しいことをしている昔ながらの世捨て人めいた文士というイメージだ。数年前までは完全にそうだった。しかし、今は結婚しており子供もいて、なんとなくまわりから見ると幸せで裕福な生活に見られている気がする。死にたい。耐えがたい屈辱である。それが許せないのである。激しい怒りすら感じるのである。私は不幸でなくてはいけないし、孤独でなくてはいけないし、人に不快感を与えなくてはならないし、お金持ちなんて絶対になってはいけないのである。私の生活のなかに突然ダンプカーが飛び込んできてぜんぶを破壊してくれればきっと私は思うような人生を送れるのだろう。しかしそれはそれで大変そうだから嫌だ。痛そうだし。私はなにを云っているのだろうか。わからないがともかく、私は理想の私を生きられないことに憤りを覚えているらしい。しかしだ。自分で作り上げたイメージに囚われることもまたつまらないことではないだろうか。元々そんなイメージは偽物であって、偽物に囚われて人生を破壊するなど愚の骨頂である。例えばよくあるのが、不幸で悩み深いキャラで人気になった作家がそれをやめられないという呪縛である。本来はそこから逃れるために書いていたのに、そうした悩みが共感を呼び永遠にそれを求められ続けるようになると、もはや永遠にその役割を演じなければならない。実際に悩んでいるならいいが、大抵の人の悩みはお金があれば解決してしまう。お金があるのに貧乏なふりをして悩んでいるのは、そういうキャラでいないといけないという、むしろ、自分に嘘をつく行為なのだ。こうなってくるとなにが誠実で、なにが不誠実なのかわからなくなってくる。青春の蹉跌や若者のリアルを売りにしていた作家が歳をとることでも同じ問題が発生する。人は変化が怖い。これは真実だが、変化しないことが商売の人間というのが存在する。作家というのはそういう仕事なのではないだろうか。歴史をみると、たいていの作家は似たようなテーマでずっと書いているし、そのへんがぶれぶれな作家は偽物ということになっている。やはり作家たるものの本物にあこがれる。本物がいい。しかし、そうした本物志向とは別に、みんなと同じとか、右顧左眄（うこさべん）とかを憎んでいるから作家になったんじゃねえのかという声も聞こえてくる。そうなのだ。これまでの作家が同じようなことばっかり書いてるのは正直もうあきた。真面目も無頼も天才も馬鹿も、もうあきた。だから私はあえてそういう作家にはならない。なりたくない。やりたくない。なにひとつ同じ事も書かないし、一貫性も持ちたくなどない。偉そうな説教やら弱者の味方やら、悩んでいる様子やら、人間性の歪みをマウンティングの道具にしたり、きれいな心という名のただの馬鹿比べやら、なんでもいいのだがともかくそうしたあらゆることをしたくない。そうか、いま気づいた。私はなにも書かないほうがいい。なにひとつ口にしないまま不機嫌に座り続けて死んだほうがいい。だがお金がない。お金が欲しい。お金が。とにかくお金さえあればなにもしなくて寝ていられるのだ。しかし働きたくもないしなにもしたくないのだ。だからといって誰かにお金を恵んでもらうことも腹が立つ。お金を稼ぐこと自体が、お金の仕組みを作った人間の思惑通り動いているようで腹が立つ。破壊したい。このお金というシステムを。社会を。市役所を。税務署を。いや、人類そのものを根絶したい。そろそろ紙幅が尽きようとしているが、そんなことは知ったことではない。さっきから私は即身仏になるべきであるという声が聞こえているのだがそれはおそらく高野山からやってきているにちがいないので修行に行くしかない気がしている。出家か。修行僧になんか死んでもなりたくないのですべての責任を放棄して家で寝る。これがテロリズムだ。

（タバブックス／「生活考察」vol.6／「めんどくさいしどうでもいい」／二〇一八年）

金はドブに捨てろ

先日、熊日文学賞をいただいた。

賞自体もありがたいのだけれど、副賞の賞金を見ていて不思議な気持ちになった。

そもそも、お金とは何なのだろう。

どうしてお金が生まれたのかを調べてみると、面白いことがわかる。

子供の頃に聞いたお金の起源は、「物々交換」の代わりにいつでも交換できるような貝殻や銀を使うようになったことから始まる……というものだった。古くはアリストテレスや、ジョン・ロック、アダム・スミスもこの説を唱えている。

しかし最近の貨幣の本によれば、この説は間違いらしい。

お金の起源とは何だったのか？

それは「信用」、である。

古代メソポタミアでは貨幣は存在せず、粘土の板に家畜や穀物の数、貸し借りなどが記録され、それによって様々な決済が行われていた。例えば「これを持ってきた者にAは羊を一頭与える」と書かれた粘土板も存在するが、考えてみると、それはもはや、紙幣と同じ機能を持っている。

そもそも兌換（だかん）紙幣というのは、これを持っていけばその値段ぶんの金（きん）と交換してくれる、という約束があるから流通したのである。

約束と履行、つまり、ここには信用が存在する。

この信用こそがお金をお金たらしめる重要な要素だ。一万円が一万円の価値を持つと信じているからこそ、私たちはそれを使って経済活動を行う。

では、信用はなぜ発生するのだろうか。

いろいろ本を読んでみたが、どうやらそこに理由はないらしい。驚くべきことに、これほど当たり前のように使っているお金の根拠は、みなが信じているから信じられる、という循環論法でしか成り立っていない。それは一種の幻想であり「物語」だ。

先ごろ、コインチェックという取引所から、時価総額にして約五八〇億円の仮想通貨が盗まれる事件が起きた。この会社の代表取締役が以前運営していたのは「ＳＴＯＲＹＳ．ＪＰ」という物語投稿サイトだった。物理的なモノを持たず、「物語（信用）」しかない仮想通貨を取り扱う会社が、「物語」によって生まれていたという、偶然すぎる物語。

私たちは今も昔も、ずっと物語のなかで生きている。

そして物語は、人の数だけ存在し、内容もそれぞれまったく違う。

だけど、私たち小説家の物語には「価値」という評価がつきまとう。それは主に、どれだけお金を生み出したかという基準で測られる。

おかしなことだ。

すべては物語だというのに、どうしてほかの物語によってその価値を決めることができるのだろう。一メートルの物差しで、一リットルを測るような行為は無意味だ。

私たちは私たちの価値で、自分の物語を生きるべきだ。

けれどこの世界では、お金がないと生きられない。

お金の起源が「信用」であり「物語」だとしたら、人は物語だけで生きることができるはずだ――そう云うと人によっては「そんなものは屁理屈だ」と反論するだろう。だが、文筆業というのは、それを実現している稀有な仕事だ。

これからも、死ぬまで青臭い理想だけで生きていきたい。


（熊本日日新聞／二〇一八年三月二日）

スマホを見る子はバカになるか

小学校受験のため子供を塾に通わせている。

行われているのは主にIQテストのようなことと、面接発表である。先日、この面接発表を見ていて、おもしろいことに気づいた。先生に聞かれるのは「好きなものやこと」で、重ねて「それが好きな理由」という二段階。云ったことに整合性をつけたり、論理の一貫性を見るらしい。その日のテーマは「今年のクリスマスにほしいプレゼント」を発表するというものだった。

幼稚園の男子二〇人の、「欲しいものベスト1」は何だったのか？

男の子といえばやっぱり「仮面ライダーの変身ベルト」だろうと思っていたのだが、その場で最も多かったのは「ドローン」だった。

知らない人に説明すると、ドローンとはリモコン式の小型飛行機の総称である。大きなものは動画の撮影などに使われるが、子供が簡単に操作できる小型のものも存在する。

幼稚園児が欲しがるおもちゃとしては、妥当だとは思えないのだが……一体どこで知ったのだろうか？

もしかして……あれか？　ネットの動画サイトでおもちゃを紹介するYouTuberと云われる人々が、よくドローンで遊んでいるのを思い出した。なるほど。あれを見たのか。

最近の子はテレビよりも、スマホでネットやＹｏｕＴｕｂｅを見ているとは聞いていたが……接するメディアによって子供の欲しいものがこんなに違うとは。スマホ子育てを経た子供たちの変化が、こんなふうに出てくるのかと関心したのだった（ちなみにうちの子供はテレビ派なのでライダーベルトを所望）。

ちょうどそのとき、近くにいた親御さんが、「スマホばかり見せるのは教育に良くない気がするんですよね」と話すのが聞こえた。

それを聞いて私は考え込んでしまった。

確かに一般的に、スマホを子供に見せすぎるのは良くないとされているが、果たしてそうなのだろうか。

新しい文化は、いつも悪いものとして語られる。アニメ、マンガ、ゲーム、みんなそうだった。

だが、今やアニメは日本の重要な産業だし、マンガは世界に誇るべき文化。ゲームはオリンピックなみに世界大会が行われ、プロゲーマーは下手なスポーツ選手より賞金が稼げる。当時の大人は間違っていたのである。

いつの時代も新しい文化は新しい欲望を産む。それに熱中している子供は、大人から見ると軽薄で俗悪に見えるかも知れない。けれどそれは、やがてまた新しい文化を作る力になる。私は文化を作っていく側として、欲望に寛容でありたい。

子供の欲望が軽薄で俗悪ならば、大人の欲望も同じだ。そして、どちらもやはり文化を作る可能性を秘めているのだ。

そういうわけなので、つい去年東京から熊本に引っ越してきて、ふと気づくと近所の温泉に行き名産品を食べ、ＣＭを見て別府温泉杉乃井ホテルに行きたくなっている私の欲望も間違ってはいないのである。たぶん。

（西日本新聞／二〇一八年二月一七日）

読者との死闘２０１８

本を読まないと死ぬぞ

今、読書界は滅びようとしている。

根拠などない。

読書界とは何なのかすらわからないが、とにかくヤバい！

ある日、私の野生のカンが狂ったように警鐘(けいしょう)を乱打しながらそう告げたのである。

今すぐに読者を増やさねばならない――小説（俺）の未来のために。

だがしかし、どうすればいいのかがわからない。アイドルのように握手会を行うか。あるいはＡＫＢに入って総選挙のときに、本をひとり一〇〇冊くらい売ればいいのか。どれも現実的ではない……どうすれば良いのか。

そんな悩みの渦中にあった二〇一八年。

私がエッセイを連載していたＷＥＢメディア「ＺＩＮＧ！」が次のクールに入るタイミングで、こんな提案をしてきた。

「新しい読者をつかむ企画をやりませんか」

渡りに船と云うべきか、地獄に仏というべきか……というのも、これまでやっていた企画はユルくて楽しい「子供と、遊びにまつわるエッセイ」であったが、なかなかPV（ページビュー）が伸びなかったのである。担当者H氏と会議と研究を重ねた結果、いろいろなことがわかってきた。

ネットというのは軽くて早いメディアだ。記事の最適文字数は一〇〇〇～一五〇〇文字程度。読みやすい文体。興味をひくテーマ。感情に訴えかける内容。時事ネタなどが読まれやすい――などのノウハウはわかるのだが、納得がいかない。確かに私のエッセイはセオリーからは外れている。しかし、実際にネットでも複雑で長い記事がPVを稼ぐことがあるし、セオリー通りでも読まれないことがある。それでも、

「ワンチャンあるんじゃね……？」

という気分で連載していたのだが、最後までバズることなく終わった。実力不足である。

……というようなことがあった上で、新しい試みに挑むことになった。

とはいえ何をすればいいのか。

これまでのように書いても読まれる気がしない。

そうだ……みんなが文字を読まないのならこっちが読もうではないか。内容ではなく感情しか伝わらないのならば、テンションだけで読書をしようじゃないか。

そうだ！　ＹｏｕＴｕｂｅｒだ！　ＹｏｕＴｕｂｅｒといえばやはり謎の素人感が必要だということで、「文豪さん」という和服を着た謎のキャラを作った。

いける……これはいける気がする！

「ＹｏｕＴｕｂｅｒ文豪さんによる、五分で読める読書実況」爆誕の瞬間である。

こうして、不況にあえぐ出版業界とはまったく関係なく、個人的な趣味とタイミングにより、新たなる読者を見つけに行くＹｏｕＴｕｂｅｒ企画が始まった。


さて、編集はあちらでやってくれるので、実際の作業としては会社から支給されたカメラを自宅に設置し、短い課題図書をハイテンションで読むだけという手軽なもの。客観的に見るとおっさんがひとり、部屋で奇声を上げているだけである。つらい。

ポイントはテンションである。とにかくテンションをあげなくてはならない。まずは小手調べに誰もが知るメジャー作品を取り上げようということで、芥川龍之介の短編「蜘蛛の糸」に決定。

だがここで思わぬ障害に阻まれた。

五分で終わらない。

いきなりコンセプト崩壊の危機であるが、ここはタイトルを「五分で読めぬ」にすることで解決した。天才すぎる。

さて、どのくらいのＰＶを叩き出すのか……ちなみにＰＶの指標をあげておく。

〇～二〇〇　素人

一〇〇〇～一万　普通
五万～一〇万　プロ

一応は素人ではないので、せめて一万ＰＶくらい行かないとこの企画の存続は危うい。ついでにいうとＰＶとは別に「チャンネル登録者数」というものもあって、こちらも人気ＹｏｕＴｕｂｅｒは三〇万とかなので、せめて二〇〇〇くらいは欲しい。

早速結果だが……

・第一回目「蜘蛛の糸」一八〇四ＰＶ。

なんとか一〇〇〇ＰＶあることにほっとしたが……これは厳しい（ちなみに数字は二〇一八年一一月調べ。それほど増減はない）。

やはり五分を超えたのがまずかったのだろうか。失敗を取り返すべく二回目に取り上げたのは梶井基次郎の『檸檬』。前後編にして五分くらいに収めることを目標とした。

結果は……

・第二回目「檸檬」
前編六四八ＰＶ

後編二一三ＰＶ

減った！

まあ動画投稿は、くじけずにやり続けるのが成功のコツだとヒカキンも云っていた。気にせず行こう。

三回目は『もし文豪たちがカップ焼きそばの作り方を書いたら』通称「もしそば」の著者である菊池良さんをゲストに迎え、「読書相談」という新たな切り口を提案。

三回目にしてテコ入れである。豪華に四回に分けてみた。しかも動画はちゃんと五分以内。完璧だ！

結果は……

• 第三回目「読書相談」

（1）三三〇ＰＶ

（2）二〇四ＰＶ

（3）一九二ＰＶ

（4）二六二ＰＶ

合計して一〇〇〇近くはある……上がったことにしよう（完全に現実逃避モードである）。

なぜだ……もっとキャッチーななにかが必要なのか？　文学……今、文学といえば……『文豪ストレイドッグス』（文豪がバトルする中島敦が主人公の人気漫画）なのか？　よし、中島敦の著書『山月記』をとりあげてみようじゃないか。あと、冒頭で全体をまとめて紹介してみよう。

結果……

・第四回目「山月記」四五四ＰＶ

また減った！

こうなったらもう……なりふり構わず超メジャー作品に手を出すしかない。太宰の『人間失格』だ！　これしかない！　いける！


結果……

・第五回目「人間失格」一六六ＰＶ

なんということだ……素人のホームビデオレベルの最低ＰＶを叩き出してしまった……。

この第五回目が終わったとき、担当Ｈ氏から電話があった。

「すいません……ＰＶが低く制作費が高いので今期で終了です……本当にすいません」

　ヒカキンと私の何がちがうというのだろうか。同じ人間だというのに。いや、むしろ人間だからダメなのかも知れない。

「ありがとうございます……最後に、俺のわがままを聞いてください……」

「はい……」

「人間はやはりダメだと思うんです。バーチャル美少女になっていいですか？」

「あ……はい」

　人間がダメだと云いつつ、美少女になっていいですかと聞く狂人の戯言(ざれごと)に付き合わねばならない担当者の心中、計り知れない。

　こうして3Dバーチャル美少女の姿になり、ボイスチェンジャーで読書した最終回。

　起死回生なるか……

・最終回「ドグラ・マグラ」　一二三六PV
・最終チャンネル登録者数　一九七人

　終わった。

　ここまでくると、もはや才能がないとしか思えない。

　こうして私は、おじいちゃんのためにアップロードした孫の動画に敗北するレベルの底辺YouTuberとして活動を終えることになったのである。

活動中「動画を見たよ！」、と云ってくれたのは近所のおばちゃんや、子供の友達の親だけで、あとは誰もが露骨にその話題を出さなかった。

たまに会った編集者が「おもしろかったです」と云うこともあるが、決まってその目は泳いでいた。

やはり、本を読ませるのは難しいのだろうか……いや……そもそも本を読ませるという目的のためにYouTuberになるという発想が根本的に間違っていたのかも知れない……いや、そんなことはない。間違ってない。俺は一〇〇〇％正しい。正しいったら正しいのだ！

息子を洗脳してやる

とにかく戦いは終わった。

しかし、私はあきらめていなかった。しょうがない。読者を増やすために、身近なところから啓蒙（けいもう）していくか——私は子供に本を読ませることにした。

うちの子供は現在小学一年生、絶賛YouTubeにハマり中。自分ではまったく本を読まない。いかにしてこいつに本を読ませるか……。本来ならばオシャレな絵本とかを読み聞かせるべきだろうが、小賢（こざか）しい上になんかセレブ気取りでいけ好かないので却下。

漫画の読み聞かせをはじめた。

「ずぎゃー！　どごー！　るふぃー！」

擬音を交え、いろいろな漫画を読んだ。子供にウケが良い『ＯＮＥ　ＰＩＥＣＥ』はもちろん、自分が読むために買った『角川まんが学習シリーズ　日本の歴史全一五巻』、『漫画版　世界の歴史　全一〇巻セット』、哲学者バートランド・ラッセルを主人公にした『ロジ・コミックス：ラッセルとめぐる論理哲学入門』、途中から自分が好きなものを読むことにして『蒼天航路』、『百鬼夜行抄』、『アカギ』、川原泉や大島弓子の少女漫画やらＫｉｎｄｌｅで買ってあったあらゆるサブカル漫画を読ませた。

こうしていろいろなものを読ませた結果、現時点で彼が「これがいい。感動して泣きそうになった」と最も反応したのは、イケてる高校生が絵で東京藝大を目指す青春漫画、『ブルーピリオド』であった（この歳で「アフタヌーン」系か……）。

漫画の読み聞かせをするなかで、面白いことがわかってきた。うちの七歳の子供が、あからさまに興味を示さない漫画のポイントがあるのだ。

- 視点・人称（カメラの位置）が不安定
- 地の文（心の声）が多い
- 人間関係が難しい
- 感情ではなく理屈が優先されている
- 主人公が弱い

・台詞(せりふ)が多い、長い

これは小説や物語を書くときにやってはいけないとされているものとよく似ている。面白さのポイントはわりと普遍的らしい。

というわけで少しずつ彼は漫画を一人で読むようになり、読者を一人増やすことには成功した。大変だった……ちょうめんどくさい……人間にとって読むということは普通のことではないのだ。

そんなことを考えながら、ふと、思い出したことがある。

「読む」ことの不思議

子供がまだ保育園だった頃の、夏のある日。私と彼は二人で歩きながらこんな会話を交わした。


「むう……今日は暑いなあ」

「暑いね。でも影に入ればいいじゃん」

「ふむ、そうだが、今は影がないぞ」

「え？　あるじゃん。自分の影に入ればいいじゃん」

自分の……影に……入る？　あまりにもシュールな言葉に絶句した。

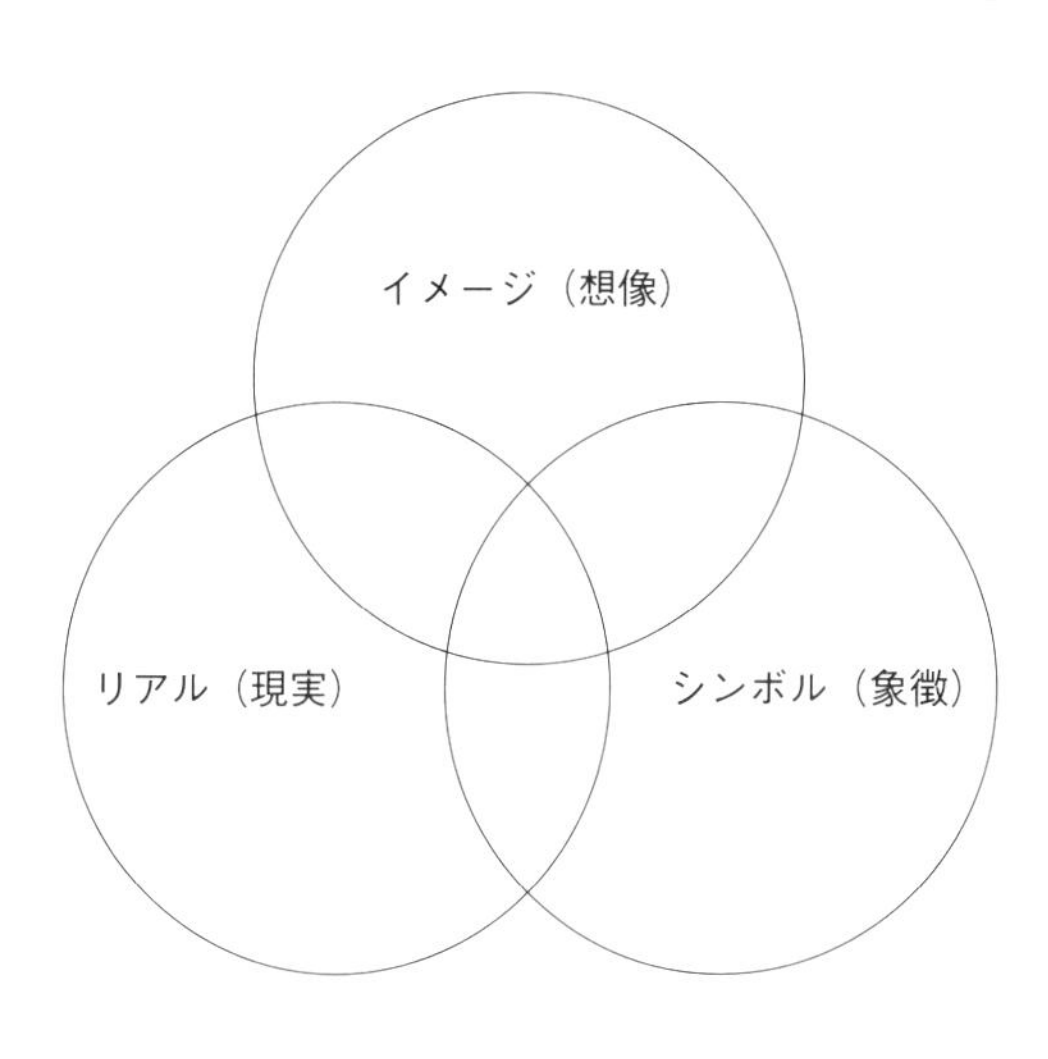

暑い→影に入れば暑くない→影がある→入れば暑くない……。

言葉の上では非常に論理的である。問題は「自分の影に入る」というのが現実には不可能な点だ。

私は精神分析家のジャック・ラカンの有名な理論「ボロメオの輪」を思い出した。

シンボル（象徴）、リアル（現実）、イメージ（想像）、連結した三つの輪がそれぞれ相関している図だ。ラカンの理論は難解で、素人がおいそれと使えるようなものではないが、斎藤環さんの本によると精神病とはこれらがバラバラになっている状態であるという。

言葉の上では可能だが、現実には不可能、ということが理解できていない子供の世界も、その状態とよく似ているのではないだろうか。

そういえば以前、言葉があまり発達していない部族は時制が曖昧（あいまい）で、未来や過去の話をあまりせず、現代人とは違う時間のなかで生きているという話を聞いたことがある。うーん、どうやら言葉が人の心や未来をつくってきたのは間違いなさそうである。読み書きはなかなかに深い……。

いやいや、待て！

そんなことはどうだっていいのだ。

ともかく私には「読者を増やす」という使命がある。読者を増やしたい！

しかし……ここで私は気づいてしまった。

立ち止まって考えてみると、自分でもこの「読者」なるものが何なのか、良くわかってないことに。

「読む」ことの意味をひろげる

ここまでなんとなく「読者」を増やすための活動について書いてきたのだが、そもそも私が云っている「読者」とは何なのだろうか。

考えてみれば、読み書きがこれほど発展して広まっている時代はない。みんながスマホをもってSNSにクソみたいな文章を投稿し、LINEで毛づくろい以下の空気みたいな無駄なコミュニケーションをしていようとも、それは読み書きなのである。ついでに云えば絵文字やスタンプなども含めて、それもまた読み書きなのだ。

そ、そうか……私は出版業界に毒されて、読者というのが紙の本を読む人間だとすっかり思い込んでいた。違うのだ。

私たち出版業界の人間は、読む、書くということをあまりにもおおげさに考えすぎなのである。

読者はそこらじゅうにいる。自分たちがわかる範囲だけを観測して評価しているから読み書き能力の低下や、本が売れないとか、そういうことを嘆くのである。

いや……とはいえ、それとは無関係な場所でも、文章がちゃんと読めない子供が増えているではないか！　とあなたは云うかも知れない。

確かにそうだ。

『ＡＩ vs. 教科書が読めない子どもたち』という本がベストセラーになったことは記憶に新しい。この本は、ＡＩは自然言語を読むことが苦手である、という主張と、最近の子供の読解力のなさがＡＩそっくりだ、ということを並べているのだが……単に読む能力を重視しすぎているとしか思えなかった。

ぶっちゃけ、別に教科書や文章がちゃんと読めなくても死なない。だいたいで生きていけるし、他の能力でも代替可能だ。なんでいきなり国語万歳になったんだろう？　これが右傾化か？　私が子供の頃は、国語よりも数学ができるほうが賢いという理系重視の教育だったではないか。

たしかに暗記重視の詰め込み型教育がこれから辛いのは事実だ。二〇二〇年に行われる大学受験改革後の試験問題はマジでヤバい。「大学入試センター」「モデル問題」などで検索すると試験内容が見られるのだが、むちゃくちゃ文章が多い。契約書や市役所の文書みたいな文章が出てきて、それをちゃんと読んでるかどうかが試される（地獄です）。「もはや詰め込み型、暗記受験の時代は終わった……自分で考えて自分で答えを出す人材が求められているのだ！」とか云われてるようだが、ちょっと待って欲しい。

こんな問題もどうせ塾でテンプレ解答やら、答え方のコツなんかを教えてくれてマニュアル化されるに決まっているのである。

要はマニュアルの種類が変わっただけで根本は、なんも変わっていない。本気で自分で考える人間を作りたいなら学校なんてつぶして、ルソーみたいに産まれたときから子供を森に捨てるくらいのことをするべきである。

文章がちゃんと読める人間や、言葉をうまく使える人間は論理的思考ができる、という主張自体が非論理的なことになぜ気づかないのか不思議である。

結局のところ、すべてが受験システム的であり、この世界では誰もがまともにものを考えたり読んだりしていないのだ。

もちろん私もそうかも知れない。いや、たぶんそうだ。まず筆頭にあがるのが私だろう。そもそもほぼ中卒の私は、受験などしたことがないのだが。だからどうしたというのか？この非論理的な世界で論理的であろうとすれば馬鹿のように見えるのは当然である。知ったことではない。

問題は「読む」ことじゃない

閑話休題……「読者」の話をしていたら思わず変な方向に話が向かってしまった。

結論としては、文化的な人々に無視されているだけで「読者」は存在するので気にするな、ということになりそうだ。

売れない売れないと云われている小説だが、ネット小説からはヒットが出続けているし、首都圏で無視されている携帯小説は、地方ではあいかわらず三万部くらい売れている。それはいいとして、ネトウヨ本やヘイト本もそれなりの力があるのが不思議だ。なんでそういう状況になっているのかノンポリの私にはさっぱりわからない。彼らのような政治思想を持った読者について率先して語るべきは文芸誌である気がするのだが、新年に「読む」ことについて特集しているこのこと自体が、なんとも牧歌的(ぼっかてき)で自虐的で閉鎖的な状況……無理か。


こうして私の読者獲得のための活動は終わったかのように見えたが、その後も、WEB小説を読む「WEB小説定点観測」や、ビニールに入った紙の束を新宿のみで販売する『ヴァイナル文學選書』に参加したり、あらゆる実験を繰り返していた。

そんなある日、馴染みの書店員さんから突然連絡があった。

「ラジオ番組、興味ありませんか」

聞けば毎週ラジオ番組をやらないかということ。ラジオ……これは電波を使って全国に読者を増やすチャンスではないか。不思議な縁により、TOKYO FM番組のコンペに受かり、あっという間に私は「ON THE PLANET」というラジオ番組の水曜担当になっていた。

というわけで毎週水曜深夜、私は全国の日本人の脳に読書電波を送り続けているのだが、これによって読者が増えているのかどうかは相変わらず謎である。

（集英社／「すばる」／二〇一九年一月号）

健康をめぐる冒険

精神篇

呪われている。

そう思いたくなるほど去年から体調が悪い。朝起きるとまずは頭痛、ドライアイ、首から背中にかけての痛み、吐き気、耳鳴り、全身の倦怠感(けんたいかん)。昼は食欲もないうえにめまいと貧血で倒れそうになり、夜は不眠に首のこり、動悸(どうき)……ときどき突発性難聴。ついでに毛も抜ける。

症状をまとめてネットで検索すると、不安をあおるようにやたらガンの兆候がどうのという記事が出てくる。しかし、これはガンではない。原因に思い当たる節がある。去年から始まった仕事のひとつ「深夜ラジオ」である。

二〇一八年の一〇月から、私はTOKYO FMラジオのパーソナリティをつとめている。水曜の二五時から三時間、ひとりで生放送。終わって家に帰って寝ようとすると五時をすぎる。昼夜逆転もつらいのだが、忙しいときは水曜に熊本から飛行機で東京にやってきて、翌朝また飛行機で帰るという強行軍になる。交通費が支給されないので、節約のためにLCCを利用しているが、狭くて揺れるため貧血で倒れたことは一度や二度ではない。

ある日の明け方。東京の家で寝ていると、突然、突発性の不安と動悸に襲われた。うわああ……し、死ぬ。全身の血の気がひいて、息が苦しい……完全にパニック障害の症状そのものだった。うずくまって、「そうだ！　こんなときは漫画だ！」と、電子書籍でパニック障害に関する漫画をダウンロードして読んでいると、最後に、「パニック障害はなおりません！」と書かれていた。殺す気か！　すぐにネットで検索して上野のビルにあるクリニックに駆け込んだ。

土曜の早朝にもかかわらずクリニックは超満員。メンヘラ大国日本。カラオケボックスのように小さく区切られた診察室へ入ると、大学生みたいな若いお医者さんの問診が始まる。

「どうされましたか」

「動悸と貧血と不安の発作で心臓が……」

「そうですか」

「たぶんパニックだと思うんですけど」

「パニックですね。薬を出します」

「あ、はい……」

「ではロビーでお待ちください」

えっなにこの診察。人工知能でももうちょっと人間味がありそうだが……ああ、またドキドキしてきた……。ロビーでうずくまっていると、看護婦さんが近づいてくる。気遣いに感謝、と思った次の瞬間、紙とペンを手渡され「樹の絵を描いてください」と云われた。

「バウムテストです。樹の絵から精神状態を診断します」

いや……見て……今、精神状態は最悪です……お絵かきしてる余裕ないっす……。

処方してもらった薬を飲むと一時間後、精神はいい感じにぐにゃぐにゃに。二〇年前のサラリーマン時代に鬱（うつ）になったことがあるが、当時の薬はここまで効かなかった。最近の薬は効きが良いなあぁぁー。

ぼんやりした頭のまま、このままではまずいなぁーと思い、とりあえず作家・精神科医の春日武彦先生に、「やばいです。パニックきました！」とメールすると、「ふふふ、案外小心者ですねー」という返信。どこか他人の不幸を喜んでいる気配があるのは気のせいだろうか。ひとまず対処法などが書かれていたので、落ち着く。後に先生に聞いたところ、私が行ったYクリニックは業界内でも悪評が高いらしい。さもありなん。

それはともかく、はやくこの地獄から抜け出さねば……（つづく）。

肉体篇

深夜ラジオと、それに伴う熊本〜東京間の飛行機移動（自費）によって私の身体は異常を訴えはじめた。いわゆるパニック障害である。なんとか薬でごまかし、いい感じに酩酊（めいてい）したままイベントに出て半分眠ったままトークをしたり、ろれつが回らなかったり、端から見るとけっこうヤバい状況が続いていたもののなんとか凌いだ。

　危機感を覚えた私は、他の病院で検査を受けることにした。気になるのは薬でも消えない首から背中にかけての痛みである。もしかしたら脳に問題が？　そう思い銀座の「スマート脳ドック」なるものを受診。二万円以内で脳ＭＲＩが撮れて、しかもスマホで結果が見られる。ハイテクである。結果はとくに問題なし。

　次に、近所の内科で血液検査。これも異常なし。眼科での眼球検査も異常なし。さらに神経内科へ。聞き慣れない科だが、痛みを多角的に分析して調べるらしい。老先生の「ＭＲＩは撮ったか？」という質問に「はい。今はスマホで見られるんですよ」と答えると、「そんなわけはない！　写真だろ！」となぜか怒られる。写真もスマホで見られると説明すると「いや、そんなものはない！」とさらに怒られる。文明アレルギーなのだろうか。そういえばさっきから先生は「おい！　書類どこいったっけ？」と看護師にキレている。パソコン使わないんですか？　「つかわん」検索とかもしないんですか？　「しない」ときっぱり。とにかくあんたは頸椎に問題ありそうだと云われ、またＭＲＩを撮ることに。

　結果からいうとこの頸椎のＭＲＩで異常が見つかった。頸椎の狭窄と膨張である。やっと原因が見つかってひと安心。さて次はこれをどうするかだが……頸椎には鍼が良いと聞いたことがある。鍼といえば一〇年くらい通っているいきつけがある。とはいえ今から行くには少し遠い。今回は別のところを探す。エンタメ作家Ｋ先生かかりつけの鍼師さんのところへ。鍼にはいろいろ流派があるのだが、ここは鍼と電気。ちょうど良い具合。帰ってゆっくりしていると、急激に眠気が襲ってきて久しぶりにゆっくり眠れた。やはり鍼は良いらしい。ここは鍼に望みをかけて治療してみるか……六本木に故・勝新太郎や小泉元首相御用達の、ゴッドハンドと呼ばれる先生がいるらしい。ゴッドハンドだけあって初診が二万七〇〇〇円、次から一万五〇〇〇円と、普通の三倍くらいの値段である。だが、一回で治れば安いものだ。早速予約して行ってみる。頸椎に針を刺してそのまま動かす「運動鍼」という初めて体験する施術だが、貧血で一度倒れた……痛い。

だがその結果、一回で痛みが消えた。

すごい……なんなんだこれ。「三回は来なさい」と云われたので、素直に三回、計五万七〇〇〇円（税別）。背に腹は代えられないとはこのことか。理屈を聞いたら「それは長くなる。本を買うかインタビューしてくれ」と云われ、本を買ってみたが東洋理論なのでさっぱりわからず。

安心したのもつかの間、一週間でさらにまた痛みが……とほほ。熊本に戻って、休んでいたジムに復帰。会長から「体調悪いなら、いい先生がいるよ。俺の腰、三回で治してもらったんだ」と云われて看てもらうと、めっちゃ楽になった。軽くさすったりしているだけなのに……なんすかこれ、氣ですか？　「ぼく理学療法士なので理屈です」どうやらスパインダイナミクスという理論がベースにあるらしい。日々のリハビリ法も聞いて実践しつつ、私はさらなる健康沼へ足を踏み入れていくのだった……（つづく）。

道具篇

一〇年前くらいから枕難民である。

枕難民は、なんとなくしっくり来る枕が見つからず無限に枕を買い換え続けてしまう習性があるのだが、そんな私が最も惹かれたのが通販生活の「メディカル枕」。購入の決め手は、辛口で知られる社会学者、U先生が「通販生活」の誌面でオススメしていたことだ。面識はないが、面倒臭そうな人だなという印象だけがある。だからこそ、こういう人が勧めるならガチだ！　そう思ったのだ……完全に思うつぼ。メディカル枕は今、押し入れのどこかにある。

なにがその人に合うかは、もはや運とタイミングでしかない。これはあらゆる健康グッズに云える。私がこの数ヶ月で試したグッズは、テニスボールから始まり、ツムラのハーブ湯、各種サプリメント、目元あったかUSBアイマスク、猫背矯正バンド、首をあっためるとすべてよくなるという本の付録の首バンド……などなど。

なかでも今、一番効果があると信じているのが「ストレッチポール」である。ボールではない、ポール――つまり円柱である。

前回登場した理学療法士のA先生に勧められて使っている。床に横倒しにしてこの上に寝転がるとなんか気持ちいい。そういえば、二年前に肩が痛くてあがらなくなったとき、ジムのSさんに「これに乗るといいですよ」と教えてもらって実際治ったのだった。

健康グッズと薬と代替医療により精神と肉体を保っていた私だが、それでもやはり低調気味……ある朝、飛行機の機内でパニックに襲われた。迫る動悸と呼吸困難と貧血。

「ぐああー苦しい！　死ぬ！　あと半年これを続けるのか⁉　もうだめだ。やめよう。今すぐラジオやめよう……無理！　絶対やめる！」

あまりの苦しさに逆ギレ的にそう思った瞬間、パニックが緩和。飛行機から降りてすぐに「今クールで終わらせてください」と連絡した。

その後もやはり動悸息切れは続いたものの、私の身体は回復に向かっている。やはりストレスだったのだろうか？

先日読んだ、泉谷閑示という精神科医の本によれば、パニック障害の患者は発作が起きるとだいたい「死ぬ！」と思うらしく、これは肉体からのメッセージであるという。どういうメッセージか。もちろん「メメントモリ（死を忘れるな）」だ。

おまえが今死ぬとしたらその生き方でいいのか？　と自分の身体がメッセージを送っているというのである。

さすがに文学的すぎる解釈だと思うが、思い当たる節がなくはない……ここ最近、本業の小説が進んでおらず、心のどこかで「あれをやらなくては……」と、後ろめたさがあったからだ。よし、今日からやるぞ。

そういえば、この件で気づいたことがある。健康と小説の若さが比例するという事実だ。例えば、今年七〇歳の村上春樹の小説は、いつ読んでもどこか思春期めいた若々しさがあるが、それは、年齢相応の病気自慢がまったくないからだ。
いつまでも思春期でいたい私は、今日からマラソンして文章を書く。そうして健康と若い文章を取り戻す。手始めにこんな随筆を書いてみたのだが、読み返すと明らかに中年の養生記録だった。

（筑摩書房／「ちくま」／二〇一九年五月号、六月号、八月号）

整形

　整形がしたい。去年あたりから、起きて洗面所で顔を洗って鏡を見るとそこに疲れた中年男性が毎朝現れる。霊現象ならいいのだがこれはただの現実である。朝一番からこんな疲れた顔を見せられてテンションが下がり不愉快この上ないこと山のごとし。誰なんだこの落ち武者。俺だ。俺なのだ。風林火山レベルで死にたい。たとえばこれが他人であれば目の前から消せばいいだけだが、問題は自分なのである。仕方あるまい。受け入れるために詳細に観察してみようではないか。まずは肌が中年っぽい。なんとなく脂ぎっていてきめが粗く、ところどころにシミがあり、赤っぽい斑点がある。うわーキモい。もしかしてこれが老人斑ってやつなのかなあ。老人斑って名前……もう老人じゃん。違うと信じたい。よく観察すると黒子（ほくろ）もいっぱいある。ここ数年で増えた気がする。熊本は東京よりも少し南なので日差しがきついのかも知れない絶対そうだ。緯度変えろよ。ていうか太陽系から出ろよ地球。日焼けは老化が一番進む要因なんだよ。くそっ……ＵＶケアを怠った罰ということか……太陽系に住む人間が背負う原罪かよ。それよりも嫌なのは頬が少し垂れ下がってきていわゆるブルドッグラインみたいなのがでてきていることだ。目のまわりは特に加齢の兆候が顕著で、『ゴルゴ13』みたいないわゆるゴルゴラインもくっきりついてきて、おまけに宍戸錠みたいに目の下がたるんできてザ・おっさん顔になっている。この目の下のたるみが特に気になっている。目の下、たるみ、で通算一〇時間近く検索してる。前髪もだんだん薄くなってきているが、これは薬のおかげか、なんとかギリギリ防衛ラインを割っていない。だがやはりM字ハゲへの道を歩んでおり、たまに地肌がすだれのように透けて見える。自分がもはやハゲなのではないかと絶望的な気分になるが、髪をセットしてごまかす。俺はハゲじゃない。ハゲじゃないんだ。気づいたら頭頂部分も薄くなっていないか？　いや、なってる。完全に薄くなってる。油断してた。このパターンを「横山三国志式」と名付けたい。説明しよう——横山光輝の『三国志』の戦闘シーンは相手を油断させて引きつけて背後の城を取るとか、そういうのが多い。このハゲのパターンって完全に横山三国志のパターンじゃん……この比喩わかりづらい。絶対誰も使わないわ。ともかく、加齢による見た目の変化が与える自分の内面への影響が、思ったよりもでかい。まさかこんな安易なよくあるパターンに自分が陥るとは思ってもいなかった。しかし認めざるを得ないだろう。たしかに私は毎朝このさえない自分のおっさん顔を見せつけられることで、毎朝自分にザクザクと刃物で背中を刺されるような気分になっている。これがお前の人生だとばかりに疲れた顔がこちらをにらむ。人生、演歌っぽい言葉だ。人生ってつけるとだいたい演歌みたいになる。演歌、文字から加齢臭がする。脳科学によれば外見が若いと自分が若いと錯覚して脳も若くなるらしいが、だとしたら逆もあるということではないか。外見が老化していたら内面も老化するというのだろうか。認めたくない。脳科学はエセ科学だ。絶対に茂木健一郎の云うことは信じない。とにもかくにも、ただでさえダウナーな気分に拍車をかけて私を毎朝死にたい気分にさせる自分の顔をなんとかしなくてはいけない。整形か。整形しかないのか。でも顔にメスを入れるなんて怖いし、整形に失敗してむしろひどくなったパターンも聞いたことがあるので、まずは皮膚からなんとかしようとさっそく私は皮膚科に行った。東京で高須クリニックや大塚美容外科とか湘南美容とか……そういうブランドめいた名前を脳にすり込まれているせいか、地方都市の美容皮膚科を信用できない。はっきり云って馬鹿にしている。幼少期に地方都市で暮らしたせいで昔から地方都市が嫌いなのだ。だがしかしここは地方都市熊本だ。高須クリニックはない。仕方なく市内の美容皮膚科に行くことにした。雑居ビルの一室を改造したクリニックは男性客が皆無だった。雑なカウンセリングを一〇分ほどで終え、まずは黒子をいくつか取ってみる。麻酔注射、レーザー。肉が焦げる音。一個三〇〇〇円であっさり黒子はとれた。六個くらいとると美容皮膚科への心理的ハードルはぐんぐん下がった。これはドラッグ界で云えば大麻みたいなエントリードラッグで、こっからどんどんハードになっていくんだろうな……くそが、俺は騙されんぞ。ここでは治療を続けたくない。他でやりたい。いや、どこでやっても同じではないか。そもそも次の段階はもう整形しかないんじゃねえのか。どうすりゃいいんだああ！　整形がしたい！　昔、整形している女性のインタビューを読んだことがある。彼女は自分のために整形がしたい、美しくありたいと云っていた。わかりまくるのだが、同時に私はその無限の地獄感も理解している。なぜなら人間は醜くなるのだ……筋肉は衰え、肌はくすみ、髪は薄くなり、さらに云えば脳も萎縮する。どう考えても負け戦なのだ。整形など生ぬるい。私は死にたい。安楽死したい。いますぐに死にたい。自分の過去の著者近影と最近の写真とをくらべると明らかに別人なのである。これは詐欺ではないか。そういえば、帽子をかぶった美少年風の著者近影のせいでそのイメージが永遠に残り続けているが、晩年の中原中也はただのおっさんであったという。そういう戦略もあるのか。いやしかしSNSやインターネットがありまくりのこのご時世、写真一枚しか残さずに死ねるほど甘くない。すべてをさらけ出してタイムラプスで醜い老人になるまでを著者近影としてさらすべきではないのか。それが生き様ではないのか。いやしかし生き様勝負なんて誰もしたくない。できればなにもせずにどうでもいい気分で生ぬるい日常のなかでだらだらと生きてどうでもいい死に方をしたいだけなのだ。あーめんどくせー。なにもしたくねー。おかねがほしいー。都合のいいことばっかり垂れ流した上で尊敬されて崇拝されてカリスマなりてー、っていうのが人類の夢だと思うのだが人間は夢にチャレンジするべきなので私はその夢にずっとチャレンジしているトップランナーなのである。ともかくそのトップランナーたる私が、毎朝自分の顔を見るたびに死にたくなるというのはアスリート的なメンタルバランスに関わる人類の大問題である。自己管理ができていないということだ。だが自己管理ができないことなどいまに始まったことではない。生まれてからずっとだ。生まれてくる前からかもしれない。とにかく、整形がしたい。ああ整形がしたい。整形がしたい。思わず俳句風になるほど整形がしたい。いや違う。整形じゃない。私がやりたいのは目の下のたるみをとるやつだから整形じゃない。若返り手術だ。若返り手術……名前がもう老人向けだ。認めよう。私はもう今年で四四歳になった。来年はアラフィフだから老人と云ってもいい。まさかこの年齢になってもまだ思春期が終わってなくて毎日オナニーしているとは思わなかった。こうなったら私は思春期もオナニーも終わらせない。永遠に死ぬまでやってやる。ああああ！　くそがあああ！　この一人称がだめなんだ！　「私」じゃなく四四歳だから「儂」とかにすべきなんだ。儂は絶対にオナニーをやめんぞ。儂は思春期なんじゃ。ああああ！　なんかちがう！！！　そういうことじゃないんだあああ！！　自意識というのは恐ろしい檻だ。がんじがらめになって自分で自分を観察して自分で自分を嫌悪して自分で自分の首を絞めて自分で自分を殺すことを要求する。それが自意識をこじらせた人間の末路である。いま私は自分で自意識を完全にこじらせているが、それは今に始まったことではなく生まれたときから続いていたことなので五分ほど瞑想すればこのようなこじらせ感は即座に消すことができる。だがしかし、それは本当の解決にはなっていない。真の解決にはこの自意識を殺すしかない。自分を殺すのだ。そんな命令が聞こえてきた深夜三時。私は思春期以来の怒りを覚えて壁を殴っているのだが、整形すればこの壁ももとどおりになるはずだ。整形すればすべてはうまくいく。整形さえできればうまくいく。だが私の人生はうまくいかないだろう。なぜなら整形をしないからである。

（タバブックス／「生活考察」vol.7／「めんどくさいしどうでもいい」／二〇一九年）

仕事と余暇について

二〇一六年に私は『明日、機械がヒトになる』という科学ルポ本を上梓した。当時、「ＡＩと仕事について」というテーマで文章を書いてくれという依頼がよくあったけれど、最近はあまりない。なぜだろう？

実は、悲しいことに、日本のＡＩ研究は、わずか数年で中国を代表とする諸外国に大幅に差をつけられてしまったのである。おかげでメディアもだんだんと興味を失い、話題も、「ＡＩ？　あーいたいた、ペッパーくん？　なんか最近はま寿司にいるよね」くらいのショボい話にしかならない。将来を嘱望されたＡＩロボットが回転寿司の受付……「ＡＩが人間の仕事を奪う！」というあの威勢のいい危機論はなんだったんだ！　どうしちまったんだよペッパーさん！　むしろ私は奪って欲しかったのに……どうしてこんなことになってしまったのだろうか。

初めて私が「ＡＩと仕事」について読んだ本は、二〇一三年に日本で出版された、『機械との競争』（エリック・ブリニョルフソン、アンドリュー・マカフィー著）だった。その後、日本でもさまざまな本が出版され、あらゆるメディアで「ＡＩが仕事を奪う」ということが議論されてきた。中でも面白かったのは、二〇一六年に出た、井上智洋『人工知能と経済の未来　2030年雇用大崩壊』だ。彼はＡＩをＢＩ（ベーシックインカム）の議論と接続して、労働が人類に必要なのかという哲学的な思考を展開していた。ＡＩに対して好意的な人、敵意を持っている人、それぞれに意見があったが、私がワクワクしたのは、ロボットに仕事を奪われるということを大真面目に議論しているというＳＦ的な現実、それ自体だった。

あれから数年が経った今、街を見てもＡＩが人間の代わりにやっている仕事は……ほぼない。数十年先はあるのだろうか？　個人的にはあってほしいけれど、なんとなくこの国では無理だろうという気がしている。経団連のトップがメール使えないとか、著作権保護でスクショが禁止になりそうとか……なんなの？　ＡＩが仕事を奪うとか、それ以前の問題である。

アメリカの経済学者デヴィッド・スタックラーとサンジェイ・バスが書いた『経済政策で人は死ぬか？　公衆衛生学から見た不況対策』という本がある。

不況において緊縮財政をとると国民は健康を害して死者数が増える、という事実を統計で証明した本である。緊縮の影響は医療費や失業率をはじめ、いろいろなところに波及し、その結果死亡者が増えるという。

つまり、私たちの運命は政治家の経済政策で統計的に左右されていて、そのことを我々はうっすらと理解している。そして、それをどうにもできない無力感も同時に感じている。

これを踏まえると、世の中が政治家よりも起業家に期待するここ数年の空気がなんとなくわかってくる。つまり、政治とは違う実業の世界にいるベンチャー企業の経営者たちがテクノロジーで社会を革命してくれることを無意識に期待しているというわけだ。

ＡＩや最近のブロックチェーンにまつわる話題を見ていると「なんかわかんないけどすごい技術で革命が起きてほしい！」という期待感だけが高まっているのを感じないだろうか。もちろん私も期待しているが、具体的に何を？　と問われるとわからない。とにかくはやく革命が起きて仕事なんてしなくてもいい世界になってほしい……しかし、残念ながら実際に起きる革命とは、ソフトバンクのスマホを見せると金曜日に牛丼が一杯だけ無料でもらえる、くらいのものなのである。確かに牛丼一杯が無料でもらえることは大切だ。すごい。救われる命もあるだろう（たぶん）。

起業家のピーター・ティールはかつてこう云った。「空飛ぶ車がほしかったのに、手に入ったのは一四〇文字だ」。これに習って云うならば、「脳だけで生きたかったのに、手に入ったのは牛丼だった」というところか。

歴史を紐解けばわかるが、真に革新的なテクノロジーとは危険なものである。それは常に戦争や犯罪や革命に使われる可能性を秘めている。だからこそ国家はそれを抑制する。しかし、テクノロジーなくして人類の発展はありえない。こうして「技術」を中心とした、国家と企業と国民の三角形が生まれる。

資本主義のルールで動く企業、および市場は必ず格差を生み出してしまう。それを止めることはできない。だから国家はルールでそれを抑制し、国民から税金を取り、社会保障による再分配を正しく行わなくてはならない。自由を求める資本主義と、ルールを設定する国家は常に綱引き状態にあり、「テクノロジー」はそのあいだでゆれている。テクノロジーがどの位置に存在するかで、国民の仕事はさまざまに変化する。

　ともかく、私はなんだっていいからテクノロジーでさっさと人間の仕事がなくなってしまえばいいと思っている。ほとんどの人は仕事なんてしたくないはずだ。友達と話して、趣味に没頭して、なんとなく自然のなかで運動して余暇を楽しんで生きられるならそっちのほうがいいに決まっている。しかし、そうなったとしてそれは本当に余暇なのだろうか？

　戦後派を代表する超ダウナー系作家の梅崎春夫の『怠惰の美徳』というエッセイを読むと、逆説的な真実が書かれていた。

〝仕事があればこそ怠けるということが成立するのであって、仕事がないのに怠けるということなんかあり得ない。すなわち仕事が私を怠けさせるのだ。〟

　マルクスはいつか「労働」がなくなると思っていた。でも、労働や仕事がなくなった世界で余暇を楽しむことは、それ自体が新しい労働なのかも知れない。だから、私は今日もしなくてはならない仕事を無視して寝る。


（タバブックス／「仕事文脈」vol.14／「めんどくさいしどうでもいい」／二〇一九年）

大人の時間、子供の空間

ここ数年のキーワードでもある「分断と格差」はコロナによってますます可視化され加速している。日常的な時間と空間は、非日常に変容してしまったが、そのことすらすぐに日常になり、これまでの災害と同じように忘れられていくのだろう。いつかこの状況を考えるきっかけとなることを願って、家庭内で他者としての子供を見ていて思ったことなどを記そうと思う。

ところで世界中がコロナにまつわるトピックに染まりきっている昨今、私はそれについて正直あまり興味がない。

そもそも人生すべてが不要不急だし、生きることは他人に迷惑をかけていくことなのだから、いまさらそんなこと云われても困るのである。

全国的に外出自粛要請があったらしいが、もともと一日三〇分くらいしか外に出ない文筆業の主夫という立場上、そのつもりがなくとも普段からステイホームだ。そもそも東京と地方都市では人の密集率がちがう。東京基準に合わせる意味もないので普通に暮らしている。マスクもしたことがない。

……にもかかわらず、日常的な行動をとろうとするとお店は開いてないし、図書館にいったらマスクしてないと入れないとか云われるし、パートナーには非常識だと怒られるし、子供は学校にいかず家にいるし……コロナ自体はどうでもいいのだが、自分の意志とは無関係に状況に巻き込まれていることがむちゃくちゃストレスフルである。

人間というのは基本的にみんな自由が好きだと思っていたのだが、私の勘違いだったのだろうか？　こんなにも政府に自由を奪われ、それに率先して従う人々がこれほど多いことが衝撃だ。あんだけ自己責任が好きだったくせに、今度は連帯責任みたいな空気になってきてることが、心の底から気持ち悪い。

先日、コメンテーターの一人としてラジオの討論番組にリモートで参加した。テーマは「コロナ下の新日常」。視聴者から寄せられたとあるメールを読んだとき、スタジオの空気がすこしはりつめた。内容をかみくだいて紹介するとこうだ。

いまあなたがたがやっているSNSやらZoomやらの話は既得権益を持ってる人たちのものであって、我々、現場で肉体を危険にさらして働く人間とは無関係な話ではないか？

番組はそのコメントをあまり掘り下げることができないまま次の話題に移ったが、私はこのメールを送ってきた人に共感した。そして、普段からメディアに接して感じる違和感が、クリエイティブクラスの発想に対する反発なのだと思い至った。

「クリエイティブクラス」とはアメリカの社会学者、リチャード・フロリダによって提唱された概念で、まあ云ってみればYouTuberみたいな人々を想定しており、ホワイトカラーよりさらに自由な職業層だ。

リチャード・フロリダはクリエイティブクラスこそが今後の経済を牽引するカギになるというのだけど、コロナ状況であきらかになったのはある意味でそれは正しかったということと、それって結局は従来のテレビタレントとか人気者と普通の人の格差をあらわにするだけで、なんも新しくないよな……という身も蓋もない事実だ。

もちろん私自身も社会的にはクリエイティブクラスであり、この文章もまた典型的なクリエイティブクラスのものであるが、経済的実態は貧困層に近いので、かなり複雑な想いがある。

メールが読まれたあと、頭のなかにぼんやりと浮かび上がったのは、漫画『リウーを待ちながら』に出てくるひとりのキャラクターの言葉だった。

現代の日本で突然ペストが流行し街がロックダウンするストーリーの本作には、ペストを利用してお金を稼ごうとするカルロスという出稼ぎの外国人が登場する。彼は作中でこう云う。

「ペストは平等だからね」「あんたらみたいに偉そうにしてる奴らも私みたいなクズも区

別しない」「私はペストが大好きだよ金持ちも平等に殺すから」

　私のような貧乏人にとっては溜飲を下げてくれる台詞だが、実際の感染症は平等ではなかった。六月に出たCNNのニュースによると、ここ三ヶ月間で、米国の富裕層の資産が五六五〇億ドル（約六二兆円）増えていたことが分かったという。どういうことやねん⁉　働かざるを得ない低所得者は感染リスクにさらされ、おまけにこのロックダウンで失業しているというのになぜだ……現実はあまりにも過酷だ。

　失業者が増えているにもかかわらず富裕層の資産が拡大する背景には、株式市場のV字回復がある。実体経済と市場は乖離し、安全だった空間が危険になり、批判の的だったひきこもりが推奨される――滑稽にすら思えるほどすべてが混乱している。

　ともかく、コロナ状況下で未来に希望を見るクリエイティブクラスの人たちと、地べたで今を生きるのにせいいっぱいな人が見ている現実はまったく正反対なのだ。

　社会は格差を埋めるような言説を必要としているのに、誰もそれを与えられない。とはいえ、それを指摘したところで格差に憤る人を増やし、感情論で分断を加速させるだけだ。なにかヒントでもないかと、ジョセフ・スティグリッツの『プログレッシブ・キャピタリズム』にざっと目を通して暗い気分になる。

「上級エリートか、貧困層か、未来の選択肢は、この2つだけではない」という惹句に惹かれて期待して読んだんだけど、ここで云われてる結論を雑にまとめると「市民と政府でがんばろう」ということだった……マジか。

アメリカの現状は勉強になったたし、理想とそれについての実現可能性もちゃんと書いてある。立派だ。しかし……それ何年かかんの？　めんどくせえよ！

経済学の話ってプロセスがややこしいわりに、結果にぜんぜんコミットしてない気が……いや私が素人だからそう見えるだけで、知識人の仕事というのはこういう長いプランを考えることが重要なんだろう。一〇〇年くらい頑張ってほしい。私は死んでますが。それにしてももうちょいうまくアジテーションしないと人は動かないのではないか。改めてマルクスってすごかったんだなと思う。

マルクスといえば、彼の娘婿であるラファルグは資本主義に対抗するための手段として、一日三時間くらいしか働かないで怠けるべきだという非常に魅力的な「怠ける権利」を主張している。しかし、これって結局ただ怠けるだけで、そうすると政府の締め付けが厳しくなってきて強制労働を強いられる未来が見える……。怠けるというのは他の勤勉な人々と安定した社会インフラがあってこそのものだったんだよなあ。殺伐としてんなあ。なんだか堂々巡りで毎日が憂鬱（ゆううつ）だなあ……。まるで時間がだらだらループしているようなこの状態を誰か説明してくれないものか。

そう思っていたらちょうど精神科医の斎藤環が「〝感染〟した時間」という文章をwebにアップしていた。

〝少なくとも私の時間意識は少なからず変容した。ただしそれは、震災の影響とは対照的だ。**震災は時間を分断したが、コロナは時間を均質化するのではないか。**私には、全世界が「コロナ時計」に強制的に同期されつつある、としか思えない。〟

認めたくないが、コロナのなかで私も時間感覚を喪失しているらしい。普段からルーティンだらけの大人は、変化へのストレス耐性が低い。とはいえ、どうせ私などは家にいる職業なので生活時間がぶっ壊れようが問題ないのだが……(すいません)。

事程左様に楽観的にしろ悲観的にしろ、我々大人は何を云ってもややこしいことになる。したがって、大人というのは社会に組み込まれており、コロナはその社会にダメージを与えている。したがって、コロナに対する大人たちの発言はその社会的ポジションを無意識に反映してしまうことになり、なにも目新しい意見は出てこないだろう。ここではその枠組の外にいる存在に目を向けてみようではないか。そう。子供たちである。

というわけで、子供という他者を通じてこの状況を観察してみよう。先ほど述べたコロナ時計によるコロナ時間のなか、大人である私は仕事のリズムが狂ってしまい、ほとんどなにもできずストレスを抱えている。ところが、子供はちがう。うちにいる小学校三年生の子供は、午前中は家で宿題と塾の勉強をして、あとはゲームとＹｏｕＴｕｂｅ三昧で毎日楽しそうにしているのである。

そういえば、四年前の熊本地震のときもそうだった。

東京から熊本に引っ越して四日後、私は荷物を片付けてパートナーと子供をマンションに残し、仕事のために上京した。ところが次の日、地震の知らせがあった。翌日になると事態がかなり深刻なことがわかってきたため、すぐに仕事をキャンセルして福岡へ向かった。熊本からタクシーで脱出したパートナーと合流し、姫路の実家に避難するとき、まだ幼稚園だった子供に「地震どうだった?」とたずねると、ニヤニヤして「おかしたべれてよかった」と答えた(避難場所でお菓子をいっぱいもらったらしい……)。むろん今回のコロナ状況においても、彼の楽観性は発揮されている。

コロナ時間にやられる大人たちと、それを楽しんでいる子供たちの構図はまるで未来と過去を象徴しているようだが、コロナによって奪われた「空間」についても、大人と子供とで明暗が別れた。

首都圏のホワイトカラーにとって、いまやリモートワークとビデオ会議は日常となりつつあるが、ビジネスだけではなく、演劇やライブ、会議や講演会、デモ、あらゆる空間がコロナ状況により情報化した。この「空間の情報化」の先に見えたのは数の論理だ。デジタルな空間は数量化や定量化が簡単にできてしまう。だからこそ数の論理に支配されやすい。質が低くてもPVが稼げる記事や、炎上マーケティング、とっくの昔にネット上ではその傾向はあらわれていたが、コロナ下における「#検察庁法改正案に抗議します」運動にもそうした側面があったことは否めない。確かに社会的なインパクトがあったが、その後、政府が法改正を断念したのは、黒川氏のスキャンダルがすでに政権内部に伝わっていたからだという情報もあるわけで、その効果については調査の余地がある。

　考えることと、身体を動かすことの消費エネルギー量は違う。情報はクリックひとつで簡単にリツイートできるが、わざわざ官邸前まで行ってデモに参加できる人間は限られている。ところがネットは単なる脊髄反射と、意志を持った行動が同じ1クリックとしてカウントされる。民主主義に参加できることはすばらしいことだが、その意見がただ単に反射であれば、これがファシズムにおいて発動することも同様の可能性があるわけで、当然ながら警戒されなくてはならない。

　などと大人がややこしいことを考えている時期、うちの子供は学校の先生とタブレットを使ってZoomで朝礼をして、宿題で出された動画を見ながら、ロイロノートというアプリで感想を共有していた。デジタル空間での義務教育……未来である。

　メディアでは公園で友達と遊べない子供の話がよく取り沙汰されていたが、実はこのコロナのあいだ、うちの子供はずっと友達と遊んでいた。もちろんリアルでは会えないので、ゲームの世界で。

　Nintendo Switchのソフト「あつまれどうぶつの森」のヒットが話題になったのは記憶に新しいが、うちの子供は無料ソフト「Fortnite」のボイスチャット（通称ボイチャ）で、リアルと同じように会話しながらゲーム世界でチームを組んで戦っていた。もはや公園はリアルではなくヴァーチャル世界に存在しているのだ。コロナのさなかにFortnite内で開催された米国のヒップホップアーティスト、トラヴィス・スコットのコンサートは世界最大の一二三〇万人以上が参加する超巨大イベントとして記録を残した（当然ながらうちの子も参加）。中国が「あつまれどうぶつの森」内での集会を禁じていることからも、現実に影響を及ぼす活動として認知されているのは間違いない。

かつてのSFが描いたヴァーチャル世界でのアバター生活は、ここにきてただの現実になった。

とはいえ、そうなってみるとSFでは描かれないショボい現実の問題も見えてくる。子供は朝のZoom朝礼が終われば自習だが、私やパートナーがサポートしたり見張っていないと勉強しないし、この状況でも働きに行かなくてはならないひとり親の家庭では、ずっと子供がゲームをしていて困っているという話を聞いた。まあそりゃそうだろう。

そんなことをしているうちに六月からは学校も始まり、近所のショッピングモールは人で溢れかえって、いつもどおりの日常がもどっていた。緊急事態宣言が解除された今、事態が一段落したかのような雰囲気でアフターコロナを予測する文言が踊る雑誌や記事を見てうんざりした気分になる。効率の良い人生、損得感情、役に立つ知性。コロナの教訓とは、人生には未来予測を無意味にするような不測の事態が起こりうることではなかったか。

キーボードを叩きながら、もはや我々大人は次の世代に希望を託すしかないのだろうかと考える。今、アメリカでは白人警官が無実の黒人男性を殺害したことに端を発したデモが広がり、そのなかで四五歳と三一歳の黒人がストリートで激しく意見をぶつけ合う動画が話題になっている。最後は一六歳の少年に「もう俺たちにはどうしようもない。おまえたちがもっといいやりかたを見つけてくれ」と希望を託す。

私が今こうして書いている文章もそれと同じことなのかも知れない。

無責任な話だが、困ったことに正直になればなるほど、この状況に対してできることがなにも思いつかない。おおげさに悲観したり楽観したりすることが、どちらも嘘くさい。忘れないようにしようという言葉ですら、単なるレトリックにしか思えず空虚に響く。だって、いつもみんな忘れるじゃん。

別に厭世的(えんせいてき)になっているわけではない。世界はそれでもちょっとずつは良くなっている。ただ、せっかちな私には「ちょっとずつ」が耐えられない。

というような話を長々と子供にぶつけてみたところ「よくわからないけど、おれずっとコロナでいいよ。学校休めるし」と云われた……やはり私たちの世代でちょっとずつなんとかしたほうが良さそうである。

（講談社／「群像」／二〇二〇年八月号）

痴呆

ついに四六歳になってしまった。四五歳のときもついに四五歳になったと云っていた気がするのだが、どうだっただろうか。記憶が定かではない。近頃あらゆることに関して記憶が定かではない。健忘症にも似た症状が頻発している。おまけに痴呆症めいたぼんやりした記憶の混濁（こんだく）とやる気のなさも健在だ。痴呆は怖い。ただ、記憶が定かではなくなってきたのがいつ頃だったのかの記憶はある。あれはたしか三二歳くらいだったと思うが、アニメの話をしていて固有名詞が飛んだのだ。初めてそういうことがあったのでけっこうびっくりした。それからは毎年のように固有名詞が飛びまくって、今ではもう「あれ」とか「それ」とか「ああいうかんじ」とかそういう指示代名詞に包まれたぼんやりした世界に住んでいる。四〇代になった今ではそれが進行していて、文章を書いていても反復退行が起きる頻度が高まってきた。例えば、主人公が窓の外を見ているシーンを書こうとすると、「私は窓の外を見ていると私が見ていると」といった具合だ。これは怖い。脳がバグる。しかもナチュラルにそういう文章が出てくる。それも頻繁（ひんぱん）に。書き直すのが大変だ。書き直していると死にたくなる。小学生レベルの文法まちがいをチェックしていると、私はなにをしているのだろうかと自問自答してしまう。これはなにかのリハビリだろうか。もしかしたらここはすでに老人ホームで私は文筆業をやっているという妄想を抱いているだけの九〇歳くらいの老人で、毎日離乳食をチューブで流し込まれて介護ベッドで寝起きしている。そういう老人、老人、老いた私が老人なのかもしれない。老人なのだろう。そうかもしれない。老人なのだ。脳は。ともかくこうした現実を見つめることがなにより大事だ。現実を見つめよう。私はたしかに頭がどうかしかかっている可能性がある。しかかっているのではなく、してしまっているので、してしまっている可能性だってある。してしまっているとしたら、もう、してしまっているので、してしまわれるがままになるしかないではないか。何度かまえにハゲについて書いた。誰かがハゲとは永遠の過程であると云ったが、けだし名言である。ハゲはいつからハゲなのか、境界線が曖昧なのであるが、健忘を経由して痴呆にいたる世界はもはやその境界すら見えないほどのおそろしい霧のようなものである。つかみどころがない。とくに文章を書く人間にとって、忘れるというのは本当に怖い。場面描写などをしようとしても場面が思い出せず、書き割りのような風景描写だけが続き、人物は奥行きを欠き性格も統一感がなく、物語にも整合性がなく、推理小説など書いた日には被害者が死んだと思えば生き返るといった具合にめちゃくちゃである。忘れているのだからめちゃくちゃであることにも気づかない。それが怖い。この恐怖を忘れるためにいろいろと調べていたのだが、ある日有益な情報を見つけた。どうやらこの物忘れというのは基本的に「引き出す能力」が低下しているらしい。引き出しのなかに入っているものは失われていないが、モノが多いのでうまく出せなくなっているそうだ。それゆえに脳の別の場所を使えば、うまく引き出せるようになるという。具体的には、「空間記憶」を使うといいらしい。要するにある記憶を場所と紐付けて行うわけである。試しにやってみたのだが、確かに思い出せる気がする。気がするだけでも大事だ。かくて、私はその日から「場所記憶」を使って日常を記憶することにした。ところが、ここで問題が起きた。熊本での私の生活は非常に単調で、家とジムとスーパーと図書館くらいしか移動しないため、すぐに記憶が混濁してきたのである。これはだめだ。どうしようもない。どうすればいいのか。もうあきらめよう。そうしよう。あきらめたら楽になったかというと……そうでもない。私が暮らしている熊本には友人がいないため、話し相手もおらず、記憶を探って話す機会もないので、完全に「無」である。記憶の必要がないのだ。よって、たまになにかを思い出そうとすると「無」である。これが痴呆か。二〇代で上京し、二〇年近く東京に住んだ田舎者の東京好きがなぜ熊本にいるのか……そう考えるとむなしくなってしまう。家人の都合でここにいる面もあるが、結局のところ私の自己判断でここにいるので特に文句を云うつもりはない。地方都市にもいいところはある。たとえば、たとえば……あ、家賃が安いとか、緑が多いとかはある。メシがうまいとかも。地方都市も悪くない。……いや、嘘である。地方都市は退屈だ！　クソである！　一秒たりともいたくない！　乱歩の世界のような破滅的な東京に戻りたい！　東京で死にたい！　東京だけが日本！　他はだめ！　私は東京が好きだ。田舎者で結構。田舎にいると脳がどんどん腐っていく。思春期時代に「こんなクソ田舎にいたら俺は終わりだ！　犯罪者にすらなれない透明なモブ以下の人間としてくだらない人生を送るだけなんだろうあああ！」と自意識にもだえた記憶に脳が支配される。

ああーもうなにもかもおもいだせないーでももういいかなー人生はおわりだー。などと、軟体動物のようにぐにゃぐにゃと寝つづける生活のなかで脳みそが腐っていたのだが、ある日、突然しゃっきりした。なぜなら東京へ戻ることが決まったからである。家人の大学が六年で終わり、やっと医者の卵として東京に戻るのだ。長かった……。思えば熊本にいる六年、私は一作も新作を書くことができなかった。完全にスランプであった。正直、もう人生詰んだ、終わったと思って泣いていた。地獄である。ところが来年の帰京が決まった瞬間に悪夢が終わった。どうやら地方都市にいることで精神がまいっていたらしい。正気に戻ったのである。東京での生活のことを話し合い、私も来年からかなり環境が変わることになった。新しい小説を書こうという気力がわずかながら沸いてきて、じっくりとそれを育てていこうと思っている。この六年ですべてがゼロになってしまった気がしているのでもういっそゼロからやりなおそう。考えると、ワクワクしてくる。相変わらず経済的には厳しく、健忘も激しいが、ただ生きながらえるよりも、自分で選んだ生活で死ぬほうがマシである。そもそも困窮していたほうが自分にとっては普通なので、そっちのほうがしっくりくるのである。身を捨ててこそ浮かぶ瀬もあれ。それにしても六年のあいだ、いろいろなことを見つめた。向き合うのが自分しかいないのでずっと自分について考えていたのだけれども、とにかくまずこの熊本にいるあいだに脱毛と肌へのレーザー照射をすべきだということに気がついたのである。

地方都市にいる→時間がある→仕事がない→腐っていく→自己評価が下がる→絶望→地

方都市にいる……。

というループでメンタルと自己評価が虫レベルになるのが私の日常であったが、これを打破するために私が考えたのが次のようなループだ。

地方都市にいる→時間がある→仕事がない→腐っていく→自己評価が下がる→絶望→脱毛する→なんかつるつるっぽくなる→肌にレーザーを照射する→なんか綺麗になる→自己肯定感が上がる！　湘南美容！　高須クリニック！　大塚美人！

ああああああ！　このようにして地方都市に暮らす人間は最終的に美容皮膚科にお金を落とすようになるのだということがわかってきた。ここのところ私が受けた施術は、肌になんだかわからない熱をあててひきしめる「ＨＩＦＵ」、両足とわきの「脱毛レーザー」、ひげ脱毛する「ＩＰＬ」、ほくろとか、老人性のなんだかわかんないものとか、しみを除去する「謎レーザー」、このあたりである。特にこの最後の謎レーザーが謎なのだ。熊本の開業医がやっている皮膚科なのだが、どうも電子工作が趣味らしく、レーザー器具の部品を海外から取り寄せて自分で作ったようだ。ものすごく不安になるのだが、もはや信じるほかない。実際焼き切られてほくろとか老人性のなにかは消えたので効果は確かだ。しかも大変安い。調子に乗ってバチバチやっていたらあるとき、値段が三倍に上がってしまい憤死しそうになった。それでも安いので仕方なく通っている。そういえば、そこの先生が数年前に自著を出したので、買って読んだら、再婚した奥さんが「おっさん」「ＯＬ」「女子高生」の人格を持つパーソナリティ障害で、にぎやかな家庭だと書かれており、多様性だな、ダイバーシティーだな、とても現代的だな、と感服させられた。本にはダウンロード用の特別コンテンツが付録でついており、わくわくしながら見てみると、これから数年以内に○○には大地震がやってきてみんな死ぬので、はやく避難したほうがいいんじゃないかな〜的なことがマイルドに書かれており、そっとブラウザを閉じた。そんなすばらしい皮膚科とも、あと半年たらずでお別れかと思うと、なにやら感慨のようなものがあふれそうになるが、湘南美容のほうは全国チェーンなので問題なさそうである。ただ、湘南美容は高いのでやっぱり町の美容皮膚科をオススメしたい。特にＩＰＬ脱毛はダメである。施術した一ヶ月くらいはいいのだが、すぐに生えてくる。弱すぎて話にならない。脱毛はヤグレーザーかダイオードの高出力に限る。東京なら皇居近くのパレスクリニックがオススメである。一五年近く前に、友人Ｍにオススメされてしばらく通っていたのだが、めんどうになって途中で行かなくなったものの、やはり時間制脱毛は魅力的である。

（タバブックス／「生活考察」vol.8／「めんどくさいしどうでもいい」／二〇二一年）

そんな時代

ある日、九歳の息子とふたりで散歩していると、彼が突然こう云った。

「おれね、自分で頭いいいと思ってるよ」

自己肯定感が高いのは悪いことではないし、彼は確かに勉強も運動もできるタイプなので間違っていない。

だがしかし……勉強も運動もできなかった私としては、こういうとき、どうしても反論したくなってしまい、大人気なくこう云った。

「あのさ、前にソクラテスの話したの覚えてる?」

ソクラテスといえば紀元前ギリシャの哲学者であり、プラトンの師匠。有名な必殺技は「無知の知」である。

この技は、「俺は賢い! なんでも知ってる!」と云う相手に対して「いや、私は自分が無知であることを知っているぶんきみより賢い」と、カウンターを当てる最強技だ。

息子は、「無知の知でしょ」と、しっかり覚えていたので私はすかさずカウンターを放った。

「もしソクラテスがいたら『私はおまえより頭が良くないことを知っているぶん、おまえより頭が良い』って云うよ。そしたら君よりソクラテスのほうが賢そうに見えるね」

ところが息子がこのカウンターに対し、さらなるカウンターを返してきた。

「今はそういう時代じゃないんだよ」

「え……そ、そうなの⁉」

思わず動揺する私に息子は続ける。

「ソクラテスって昔の外国人でしょ？　今の日本でそんなこと云ったらたんにバカに見えるだけだから」

九歳の息子に現代日本社会の何が理解できているのかわからないが……そこには謎の説得力があった。確かにそうかも。そんな気がしてきた。

その証拠に、日々ネットの論争を見ていても、誰も「無知の知」などと云ってないではないか。

うーん……。

そもそも賢いとは、知性とは、なんだろうか？　例えばある分野においては、すでに人間よりも、プログラムの「ＡＩ」のほうが賢い。

ではＡＩには知性があるのだろうか？

これはなかなか難しい問題だ。なぜなら時代や状況によって「知性」に求められるものが違うからだ。

原始時代は、餌を多く確保できる生物が最も知性的だっただろう。しかし近代においては社交的だったり、言葉をうまく使えたり、複雑な計算ができたり、そういったことが知性だと云われ始める。

今はどうだろうか。

人よりお金を多く稼げたり、社会的に高い地位だったり、影響力があったり、そうしたことが知性だと思われているような気がする。

確かにそこでは「無知の知」なんてあまりに無力である。大統領も総理大臣もネットで発言する時代。彼らが発信するのは、自分がいかに偉大であるかの情報だけだ。

今の時代、弱みを見せればバカにされるだけなのか？

しかし、だからこそ私は気づいた、「無知の知」の本質は、知性ではなく「品性」ではないかと。知性だけを誇る人間に対して、その傲慢を静かに諌める賢者的態度。

今や知性よりもこの「品性」のほうが貴重になりつつある。ああ、そういえば、このあいだ公園で息子の友達が、

「スネ夫はいい。スネ夫になりたい」

と云っているのを聞いてしまった。スネ夫と云えば、成金で口だけの虎の威を借る狐――『ドラえもん』の登場人物の中でも、屈指の品性がない人物である（劇場版は別）。

しかし、その彼曰く「ジャイアンに守ってもらえるし、なんでも買ってもらえるからうらやましい」のだそうだ。さらに近所のママ情報によれば、「そうそう、最近の子供ってそう云うよね」とのこと。時代は変わったのである。悲しき格差社会のリアル。

バカでも貧乏でもいいから品性のある人間になってほしいものだ……などということを

息子に云って「わかる？」と聞いてみたのだが、

「……わかりづらい」

と云われてしまった。

さらに彼は、

「一分くらいにまとめてよ。ＹｏｕＴｕｂｅみたいに」

と云った。

ふざけんじゃねえ！

私は心からこの時代がはやく終わることを願っている。

しかし、それよりも先に私の人生が終わるのは間違いない。

時代は過酷である。


（日本経済新聞／二〇二一年一月二四日）

横浜・阿佐ケ谷時代
Ⅲ
2022/2024

書くための本を読む

無知であることは、悪いことばかりではない。

読むものすべてが新鮮で、ふれるたびに自分が更新されていくような感覚は、まっさらな状態でなければ得られない。

一〇代のころ、初めて小説を書くとき手に取った栗本薫の『小説道場』は、白紙の状態だった私に、多くの知識をもたらした。

例えば、小説執筆の初期につまずきがちな「人称」「視点」などの書き分け。栗本は、これらを投稿作品と比較しつつ、実際に自作で書くなら……と例文を用いて説明してくれた。当時の私は小説指南書に触れたことがなかったため、いたく感動したことを覚えている。

POV（視点）の問題はこの手の本でとりあげられる話題の定番で、最近ではル＝グインの『文体の舵をとれ』でも一章割かれていたが、英文と和文はそもそも根本的に違いがある。

日本語で小説を書くなら、日本人の指南本を読んだほうが良い。その点でも、最初にこの小説道場に入門したのは正解だった。

しかし『小説道場』で感銘を受けたのは、技術的なことよりも、栗本の小説に対する熱量だった。技術はいくらでも教えられる。だが他人の心に火をつけることは、同じ火を持った創作者にしかできない。

　私はこの本を読むことで、初めて短い投稿作品を書くことができた。それ以来、趣味のように小説執筆にまつわる本を読んでいる。

　小説にまつわるハウツー本やマニュアル本は、大まかに、以下の四つのカテゴリに分類できると考えられる。

（一）作家・創作論系
（二）シナリオ・映画系
（三）文法・基礎能力系
（四）その他

　まず（一）は作家が書いたもの。このジャンルのものが実践的で、いちばんオススメできる。何を読むか迷ったら、好きな作家が書いた創作論を読んでおけばまちがいない。ただし、まれに精神論だけで、あまり意味がないものもあるので気をつけたい。

　続いて（二）は、主に構造や映像について学べる。小説と映画はジャンルがちがえど、構造という点では似た部分がある。限られた時間と予算のなかで、多くの名作を作り上げてきた映画の世界には学ぶべきことも多い。よほど観念的な作品でない限り、映像描写は必須であり、映画の知見は役立つ。ただし、ここには「文体」がない。

小説のキモとも云うべき文体は、それだけで一冊書ける深みがある。（三）に分類される「文章読本」や「文体練習」などは、何冊読んでも無駄にはならないだろう。

この三つに入らないものが（四）だ。このカテゴリの本は、アイデアの出し方や、創作の助けになるが、直接的にはあまり関係しない。代表的なものは、「スター・ウォーズ」のインスピレーション元となったと云われる、神話研究書『千の顔をもつ英雄』（ジョーゼフ・キャンベル）だ。

この手のものは、あくまでアイデアやパーツを生み出すのには役立つのだが、土台となる作品を作る力がないと意味がない。

以上が分類の内訳だが、ブックガイドのように本を羅列するのもつまらないので、自分が小説を書く前後、これらをどのように読んだのかを、時系列に沿って順番に紹介しようと思う。

冒頭の『小説道場』の次に読んだのは、久美沙織の『新人賞の獲り方おしえます』だ。実際に行われた講義が基になっているらしく、口語調で非常に親しみやすい。

赤ペン先生のように、修正を入れた生徒の原稿が掲載され、とても参考になる。特に勉強になったのは、「新人賞でこれは必ず落ちる！」という「あるある」の罠……。これに見事にひっかかっている自分を認識できたことで、「俺は天才だ！」などという、根拠のない傲慢（ごうまん）さを捨てることができた（結局、新人賞は獲れなかったが）。

数年後、ＰＣゲームを作り、それを小説にするというまわりくどいやりかたで作家デビューした私だったが、次に突き当たった壁は、「普通に小説が書けない」という問題だった。

普通もなにも、小説は自由。ただ書けばいい。とはいえ王道のエンターテインメント構造は存在する。ディーン・Ｒ・クーンツの『ベストセラー小説の書き方』は、まさにエンターテインメントの王道について書かれた本だ。

早く事件を起こせ、主人公は善人にしろ、ハッピーエンドにしろ等、嫌になるほどのベタが詰め込まれている。

クーンツの話が正論で、マスに向けたものだと今では痛いほどわかるが、当時は「死んでもこんな小説書いてたまるか！」と拒否反応を起こした。

王道ができない不安を抱えていた私を助けたのが、『ハリウッドリライティングバイブル』。

この本がすごいのは執筆（ライティング）、ではなく改稿（リライティング）に焦点をしぼったことだ。

映画のシナリオで、初稿が採用されることはほぼない。あらゆる関係者の注文によって、多くの修正を迫られる。ゆえにどうリライトするかが問題になってくる。何十回も書き直すなかで、本質をどのように残すのか、本書にはそのコツが書かれている。

小説も同じだ。初稿で完璧なものができあがることは、まずない。むしろ、書き終えたときにテーマが見えてくることも多い。改稿技術が、執筆技術よりも大切になる場面があることを思い知らされた。


さまざまなジャンルの作品を書くなかで、一貫して勉強になったのが、デイヴィッド・ロッジの『小説の技巧』。既存小説の一部分を取り出して批評した本書は、ミニマリズムスタイルとしても面白い。読んでいると無限の可能性に開かれた小説の魅力を感じ、執筆意欲がかき立てられる。ブックガイドや批評としても優秀で、これ一冊を読むことで本を読む解像度が上がった。

書くことと読むことは常にセットで、うまく読めない人は書くこともおぼつかない。


こうして試行錯誤しているうちに、ある時突如としてなにも書けなくなる「ライターズブロック」にハマった。いわゆるスランプだ。

ブロックを外す方法を模索するなかで出会ったのが、ジュリア・キャメロン『今からでも間に合う大人のための才能開花術』である。誰の中にもある「アーティスト」の部分は、小さな子供のように繊細で傷つきやすい。だからこそ安全な場所を確保しつつ、自由に力を伸ばすべきなのだ。まずは自分を癒やすレッスンから……いささかスピリチュアル臭さが否めないが、信じて「モーニングノート」や「アーティストデート」を繰り返していると、なぜかやる気が出た。

言葉による創作や批評をやっていると、たいていの人は左脳優位に――理屈っぽくなってしまう。それはいい面もあるが、多くの場合創作にブレーキをかける要因になる。書くときは、自分のなかの編集者や批評家を無視すべきなのだ。

ライターズブロックは誰にでも起きうる。そもそも小説が書けない人は、最初からこのブロックがかかってる疑いがある。創作がはかどらない人は、小説以前の、ここからやってみることをおすすめしたい。

小説以前といえば、一〇代の若者たちに創作を教えるときに役に立った本がある。それが『TAEによる文章表現ワークブック』（得丸さと子）だ。TAEとは、「Thinking At the Edge」の略で、言葉以前の感覚をとらえて輪郭を明瞭にととのえていく過程――経験を「ことば化」する方法――のことだ。そもそも人間は、言語よりも「感覚」のほうが先にあるので、順番としては自然で、とても正しい。

まずはモヤモヤしたものを味わい、言葉でそれを表現する「詩」に近い場所から始めて、論理的な長い文章が書けるような訓練をする。かなり時間がかかる作業だが、このテキストブックはとても丁寧に作られているため、根気さえあれば最後までやり通せるだろう（と、云いつつ私は挫折したが……途中でもじゅうぶんに面白い）。

この二冊は小説のみならず、なにか文章を書きたい人の入門書としておすすめできる。

まあそんなわけで、書いたり書けなかったりして、小説のことが一向にわからないまま、ひたすらに悩みつつ仕事をした私は、かなりのマニュアル本を読んだ。そのなかで、「これは最強では？」と思わされたのが、日本推理作家協会が編集した『ミステリーの書き方』だ。

各パートそれぞれ、その技術に長けた作家が執筆を担当しているのだが、顔ぶれが尋常ではない。

アイデアの探し方は東野圭吾。

取材方法は船戸与一。

プロットは宮部みゆき、乙一。

ノワールは馳星周。

トリックは綾辻行人。

シリーズものの書き方は大沢在昌。

この一部をとってみても、豪華すぎる。第一線の売れっ子だけに、説得力が半端ない。

内容もむちゃくちゃ勉強になった。しかし、だからといっていきなりミステリが書けるわけではない。結局は努力なのだ。

努力が必要なのはジャンルが変わっても同じ。『ベストセラー・ライトノベルのしくみ――キャラクター小説の競争戦略』(飯田一史)は、Ａｍａｚｏｎランキングを追いかけ、トップに君臨する代表的ラノベを分析した本。経営などで使われるスキームで小説を理解する手法が新鮮で、読みの幅がひろがった。

ところで映画シナリオ術の本は、フィルムアート社からかなりの数が出版されているが、いろいろ読む中で、このジャンルでもやはり監督が書いたものが面白い傾向があるのに気づいた。

『ジョジョの奇妙な冒険』の作者、荒木飛呂彦が影響を公言しているヒッチコックの『映画術』は、伏線や心理描写、本質的な部分で古びない黄金律が語られている。特にマクガフィン(物語の中心となるガジェット)なんて、細かいことはどうだっていいんだという話は面白い。

日本のアニメ監督である神山健治『映画は撮ったことがない』には、娯楽要素を入れる上で、非常に影響を受けた。

例えば主人公が、後ろから何者かに襲われそうになっている場面を想像してほしい。この場面において、主人公に危機が迫っていることは「観客と作り手」しか知り得ない。こうした情報のズレを作ることで、「観客と作り手の共犯関係を成立させる」のが、サスペンスを作る上で基本中の基本だという説明は、当たり前だが、言語化されるとはっとさせられる。小説や映画に限らず、受け手の存在を常に意識することは大切だ。

いいかげん読み飽きてきたが、近頃の私は、もっぱら娯楽とモチベーション維持のためにマニュアル本を読んでいる。最近面白かったのが松岡圭祐『小説家になって億を稼ごう』だ。

この本は、「めちゃくちゃ売れっ子になった気分」にさせてくれる。普通は創作について厳しいことや、修行めいた話をするのだが、この作者は、作家になって作品が映像化されたり、めちゃくちゃ儲かったときの話を聞かせてくれるので、読んでいて夢がふくらむ。「小説家すげえ！　めちゃめちゃ楽しそうじゃん！」と、俄然小説が書きたくなるはずだ。

もちろん現実はそんな調子のいい話ばかりではないのだが……。架空戦記の作家として有名な吉田親司『作家で億は稼げません』は、作家自身がかなりリアルな体験談を聞かせてくれる。「凡才ならではのサバイバル方法」というだけあって、原稿はバックアップしとけとか、ヤバい編集者には気をつけろとか……めちゃめちゃ地に足がついている。創作法……とは云い難いが、分類（四）に属する面白い本だ。

最後に、最近私がよく目を通している本について書いておこう。

本多勝一『日本語の作文技術』は、文章がうまく書けなくなるたびに読み返している。句読点の打ち方ひとつとっても、ここに書かれている「長い修飾語が二つ以上あるときその境界にテンをうつ」「語順が逆になったときにテンを打つ」という原則を守るだけで読みやすくなる。

本文中で紹介した『ミステリーの書き方』もよく目を通す。特に乙一氏の、最小かつ十分なプロット術はしっくりくる。プロットを立ててみたい人は、ここから始めるのがいいと思う。

純文学系の指南書もよく読むが、一冊選ぶとしたら保坂和志『書きあぐねている人のための小説入門』だろうか。五章の「風景を書く」を読んでなにも感じなければ、純文学は敬遠したほうがいい。

よく不要と云われる風景描写だが、実はそれこそが小説に力を与えてくれる重要な要素なのだ。しかし、誰もがそれを理解できるわけではない。小説には無数のジャンルがあるのだから、自分に合った場所を選ぶべきだ。

ここまで多くの本を紹介したが、マニュアルやハウツー、小説指南本は、作家にとっての自己啓発本であり、お守りにすぎないというのが私の結論である。

ただし、自己啓発もお守りも捨てたものではない。

それらは、タイミング次第では本物のバイブルとなり得る。

追い詰められて本当に書けなくて人生が破滅しかけているときほど、ささいなものが救いになる。

お察しの通り、紹介した本が多いのは、常に私が破滅しかかっているからである。

さっきから外で借金取りがうるさいので、このへんで終わります。


（文藝春秋／「文學界」／二〇二二年八月号）

無用者の生活

私が通うボクシングジムの壁には、三島由紀夫の写真が飾ってある。左手をシングルスーツのポケットに突っ込み、ニカッと笑いながら、若いジム会長の肩に右手を乗せている姿は、これまでいろいろなメディアで見た三島そのもので、「三島はいつでも三島なんだなあ」という、あまりにも強固な存在を前にしたときの空虚な言葉しかでてこない。

ここは三島のボクシング小説「鏡子の家」の取材地らしく、老トレーナーは、三島と石原慎太郎がスパーリングするところを見たことがあるそうだ。

三島と云えば文学だけではなくあらゆることにコミットし続け、行動し続けた男だが、それにくらべ私はというと、できるだけなにもしたくない男なのである。

なにもしたくないのになぜボクシングジムに通っているのかというと、家にいると頭がおかしくなるからである。そう、諸事情によりいま、私はとてもあたまがおかしくなっている。子供が諸事情でメンタルを病み、ひきこもっているのである。家にいると私もおかしくなりそうなので、五〇歳を前にして更年期で体力もないのにボクシングジムへ来ているというわけだ。

しかし、このような状況は子を持つ親にとってはよくあること。誰もが通る道らしく、同じようなアドバイスを受ける。それは「待つ・見守る・なにもしない」だ。ところが、これがまったくピンとこない。

確かにわかる部分はある。親子の距離が近すぎて他者を自分と同一視しはじめると、相手を思い通りにコントロールしようと過干渉が起きる。当然ながら、子はそんな簡単にコントロールできないため、ストレスが増える。結果、摩擦と干渉は増大し、親が年中キレ続け、ここに「毒親」が完成する。わかっている。各種の本を読んだ私には完璧に理解できている。だがしかし、実践できない……「なにもしない」が難しすぎる。気づけば小言ばかり云っている。


加藤典洋の「助けられて考えること」というエッセイのなかに、サリンジャーの『ライ麦畑でつかまえて』についてのこんな考察がある。

「ライ麦畑」の主人公ホールデンは欺瞞に満ちた大人を憎む少年であり、唯一理想とする大人は、畑の崖から落ちそうになる子供たちを守る「キャッチャー」だ。小説は最後、彼が遊園地で妹を見守るところで終わる。このくだりは、子供を「キャッチ」するのではなく、相手を独立した人格として尊重し「ウォッチ」しており、兄の成長が描かれているのではないか——そんな趣旨だ。

確かに「見る」ことは強い。

ミシェル・フーコーは『監獄の誕生』において、「見る」ことと権力の関係性を強調した。彼は、監視塔を中心に配置された独房から囚人を監視する「パノプティコン」の形状を例に出し、見ることがいかに権力を行使し、人々の行動を制御するのかを解説している。フーコーの考えでは、「見る」こと自体が一種の力であり、他者に影響を与え、行動を制御するという。

ウォッチはキャッチよりも、強力かつ成熟した態度なのだ。子供が能動的に動くよりも、そこに成熟した大人がたたずんでいるほうがよりメッセージ性が強い。惑星がどこにあってもその重力で空間に力を及ぼすがごとく、存在自体が影響を与えるのである。

そういえば学校の先生や会社の上司で、なぜか無口なのに生徒や部下に信頼される人と、そうでない人がいる。さらに同じ教科書やマニュアルでものを教えても、生徒への影響力がなぜかちがう。それは生徒たちが、教える側から無意識に影響を受け、それを模倣してしまうからだろう。

アメリカを代表する教育学者フィリップ・ジャクソンはこれを「隠れたカリキュラム（hidden curriculum）」と呼び、教育というのは教科書の内容をつめこめば事足りるような、そんな単純なものではないことを主張している。つまり、人はなにもせずとも存在しているだけで言語以外のメタメッセージを発し、周りもそれを受け取ってしまう生き物なのである。

かつて本居宣長は「姿ハ似セガタク、意ハ似セ易シ」と云った。見た目を模倣することのほうが簡単に思えるが、実はたたずまいを含めてまねることのほうが遥かに難しい。どれほど雄弁な名乗りよりも、鍛え上げられた筋肉を見せるほうが説得力がある。だからこそ三島由紀夫は筋トレをしなくてはならなかったのだ。

しかし、ちょっと待ってほしい。

それって小説家としてはどうなんだろう？　私にとって小説家はあくまで無用者であり、だからこそ尊い。運動家や革命家や、そうしたものから最も遠い存在なのだ。しかし、このことはプロの作家でもなかなか意見の一致を見ない。たとえば、かつてこんなことがあった。

私の書いた小説が賞の候補になったとき、審査員から「ここまで考えているなら、なぜ実際に社会運動をやらないのか」という意味の講評を受けたのだ。意味がわからなかった。「小説書いたのに、なんで起業家の事業計画書を見たマネーの虎みたいなこと云ってんだよ！」と憤死しそうになった。要するに本気度を見せろよ！　という話だったのだろうが、私はどんなに批判されても社会運動などしたくない。三島は本物の活動ではなく、筋トレだけをすべきだったし、プロレスラーになるべきだった。

と、まあ、会ったこともない三島由紀夫に文句を云っても、私の悩みはなにも解決しないのである。

悩みすぎたせいか、起き抜けに胸がドキドキするいわゆるパニック障害の兆候があらわれた。医者から処方され、頓服といわれていた薬を毎日飲んでいたらパニックはマシになったが、日中頭がぼーっとする。ごはんを食べ忘れ、お店で支払いを忘れ、電車を乗り過ごし、何をしていたのか思い出せず、モノが一日に五個くらいなくなった。

怖すぎる。あきらかに薬が効きすぎているので、飲むのをやめた。やめるとイライラが強くなり、壁に穴があくまで殴り始めてしまった。なんということだ。これでは子よりも、私のほうが思春期ではないか……。これはいけない。殴るならサンドバッグにしよう。

そんなわけで冒頭のボクシングの話になる。ボクシングはいい。殺す勢いでミットを殴っても、トレーナーから「いいね！　いいよ！」とポジティヴなフィードバックがある。限界まで体力を使うので、終わったあと無になる。無なので、家に帰ってやれることといえば、瞑想（めいそう）くらいだ。

瞑想はまさになにもしないことを体現するものだが、なにもしていない瞬間などないと教えてくれる。呼吸は毎回おなじではなく、いまここは絶えず変化する瞬間であることを気づかせる。深く呼吸して、今を感じる。焦りや怒りを観察する。やはり胸がドキドキするので薬を飲む。

三島由紀夫はかつて太宰の性格的欠点を、「冷水摩擦や器械体操や規則的な生活で治される筈だった」と評したが、そんなふうに書かれた小説は絶対につまらない。できるだけ不健康に生きて、社会になど関わらないほうがいい。

（朝日新聞出版／「一冊の本」／二〇二三年一〇月号）

作者の気持ち

受験シーズンである。

毎年この季節になると、見知らぬ会社から「あなたの文章を国語の試験に使用しました」というお知らせがやってくる。どういう基準で選ばれているのかは、全く見当がつかない。光栄だが、事後承諾であるため、いつも驚かされる。

文章を使ってもらえるのはありがたい。しかし、問題は「この時、作者の気持ちを答えなさい」という設問である。

私が作者であるため、自分がこうだと思えば、それが答えになるはずだ。しかし、そう簡単にはいかない。なぜか模範解答は、まったく違う答えになっている。

なぜだ！　おかしいではないか。

しかし、私がそんなことを公に云うと、試験の結果に影響を与え、前途ある学生たちの人生を曲げてしまう可能性があるため、黙っていることに決めた（学生諸君、感謝の意を込めて、私の本を一〇冊ほど買っていただいても構わない）。

まあそれは冗談として、心の中にある気持ちと、書かれた気持ちは一〇〇％一致しているわけではない。必ずズレがある。

例えば、「星空を見上げて、私は深いため息をついた」という文章があるとしよう。星空の美しさと広さに圧倒され畏怖を感じているのか、星空にはかない人生を投影して虚しくなったのかは、前後の文脈によって予想できる。しかし、それはあくまで予想であって、本当のことではない。作者すら気づかずに、家に帰ったら仕事があることを思い出して「面倒くさいな」と思っていた可能性もある。

本当に生きた言葉は、論理ではなく生活と心にある。と、ここまで書いてきて何だが、最近は「作者の気持ちを……」系の設問はあまり見かけない。出題者もその不可能性に気づいたのだろう。それはそれで、少し寂しいものだ。

（神戸新聞／二〇二四年二月二〇日）

作家業界の裏話

世間一般の人々にとって作家というのは謎の多い職業であるらしい。確かに、私自身も上京するまで小説家という人種に会ったことがなかったから、それが本当に存在しているということを信じられなかった。ところが自分が小説家になると、様々な場所で作家を目にするようになる。村上春樹、大江健三郎、京極夏彦、西尾維新……活字でしか見たことがない存在を目の当たりにするたびに「本当に存在していたのか」と、UFOや宇宙人を見た気分になった。

しかし気づくと自分も作家生活二〇年。もはや宇宙人側。そうなると必然的に「どうやって生きているんですか?」と不思議そうに聞かれる機会が多くなる。

小説家というのは、よほどの人気作家でない限り筆一本で暮らしていくことはできない。そのため、多くの作家は作家専用のバイトをしている。作家専用のバイトは出版社が斡旋するため、あまり表に出ないが代表的なものを三つあげると、「空書評」「偽審査」「裏代筆」である。

まずひとつめの「空書評」は出版社が、存在しない雑誌の書評欄をねつ造するものだ。書評される本も架空の本であるため、書評も創作だ。依頼されるとなんとなく「これは空書評だな」とわかるため、阿吽(あうん)の呼吸で嘘を書く。

次に「偽審査」は、出版社が架空の賞を作って仕事のない作家を審査員として迎える。「人間が書けていない!」と怒って見せたり、作家らしい演技をすると受けが良い。応募原稿は存在しないし、受賞作も出ないため誰も傷つけずギャラがもらえる。

最後に「裏代筆」だが、近年では検索エンジンの中や、生成AIの中に作家がはいっており、二四時間交代でみなさんが入力した情報にレスポンスを返している。

このように生活が苦しい作家たちは、影ながら社会に寄り添っているのである。

（神戸新聞／二〇二四年三月六日）

私は大谷だった

目が覚めてテレビをつけるとニュース番組が大谷翔平を映し出す。チャンネルを変えると、また大谷選手がいる。そういえば寝る前に見ていたニュース番組も大谷について語っていた。ＣＭも大谷だ。私の頭は痺れ混沌にまどろむ。

昼夜が逆転している。いや、正しくは「私の生活時間が逆転している」だろう。時計の針は、一二時を示している。朝ではない。夜の一二時だ。就寝は正午を回ったあたりだったので、一一時間の長時間睡眠（ロングスリープ）だ。

もうかれこれこんな生活を二〇年ちかく続けている。これまで何人ものフリーランスの文筆業に会ってきたが、だいたい似たようなもので、規則正しいサラリーマンのような生活をしている者のほうが少数派だった。昔から朝が苦手だったからこの仕事を選んだというのもよく聞く話だ。

人間には夜型と朝型がいる。海外では朝型の人を「アーリーバーズ（早起きの鳥）」、夜型の人を「ナイトオウル（夜行性のフクロウ）」と呼ぶらしいが、この社会はあきらかに前者向けに調整されており、たとえフクロウだろうがコウモリだろうが、早朝からたたき起こされ昼に活動させられるのだ。最近では起床時の脳への血流不足でめまいを起こす「起立性調節障害」の存在が知られ、社会も夜型に対応しようとしている。とはいえ、まだこれからも朝型優位の時代は続くだろう。つらい。

テレビは相変わらず大谷選手の話を続けている。彼も一一時間睡眠をとるらしい。大谷選手のいるＬＡと日本の時差は約一六時間——日本での夜一二時はＬＡの朝八時。そろそろ大谷選手が起きる頃だろう。今の私はＬＡの大谷と同じリズムで生きている。もしかして、私は大谷なのではないだろうか。大谷と私は同じ人類である。言葉を話すし二足歩行する。同じだ。どう考えても私は大谷だ。

（神戸新聞／二〇二四年四月四日）

締め切りの彼方へ

子供のためにさまざまな仕事を紹介した好著『13歳のハローワーク』。この本で、「人に残された最後の職業」と紹介される「作家」だが、私の周囲には、この「最後の職業」を最初にやってしまった者が多数存在し、こうなるともう他の仕事はできず、死ぬまで作家として生きていくしかなくなる。

よしんば書けなくなったとしても「書けなくなった作家」として認識され、さらに転職してサラリーマンになったとしても「サラリーマン兼作家」と云われる。おまけに死んだら筆名と本名が晒されるため、「あいつ本名が山田のくせに綾小路って筆名やったんか……めっちゃイキってたやん」などと他人の冷笑の餌食になってしまうわけで、これはもうデジタルタトゥーどころの騒ぎではない。

作家とは事ほど左様に過酷な仕事であるため、そんじょそこらのアスリートも敵わぬダイヤモンドのように強靭な精神力を備えている。しかし、そんな強メンタルな我々作家が恐れているものがひとつだけある。

締め切りだ。

そう、原稿あるところに締め切りあり。締め切りがなければ作品も生まれない。できればないほうがいいが、ないと無限に終わらない。そんな相反する締め切りとの戦いの末に生み出されるのがいまこうしてあなたがたが読んでいる原稿なのである。出版社は作家に締め切りを守らせるためにあらゆる手を尽くし、時にはかなりグレーな方法を使うこともある。拉致監禁は日常茶飯事、親類縁者の命をたてにされることもあり、このことによる死者は年間三万人と云われる（私調べ）。幸いこの随想は、ひとりの死者も出さずに終えることができた。随筆、どなたでも、いつでもお気軽にご依頼ください。

（神戸新聞／二〇二四年四月一八日）

おわりに

二〇年にわたる随筆を読み返し、過去を振り返ってみると、私はずっと同じことを云い続けていたようだ。それは、「金がない」という一言に尽きる。

「貧乏」こそが、資本主義社会の中で私を動かしてきた原動力だった。働かなくては生きていけない状況が常に私を追い立ててきた。どんなに働きたくないと思っても、私は資産家ではないし、何の後ろ盾も保証もない。だから、働かなくては即、死に直結する。

だが、そのような状況であっても、私は心から書きたいものしか書きたくない。それゆえ本当にやりたくないことはやってこなかった。おそらく貧乏なのはそのせいだろうが、今後も変更予定はない。

それはそうと私の意志とは無関係に毎年のように、謎の事件が起こり続けるのはどういうことだろう。そもそも作家になったあと、初手から家がなくなるとは……思い返してみると、本当にいろいろな場所を転々としてきた。

阿佐ヶ谷、大塚、谷根千、西荻、熊本、横浜……まさか熊本に六年も住むことになるなんて、まったく想像していなかった。阿佐ヶ谷を離れるとき、数年でまた戻ってこられるだろうと楽観していたのに、二〇年ちかくかかってしまった。これも不思議な運命だ。

本格無頼派作家の定番といえば、酒・煙草・珈琲・賭博・麻薬・不倫などだが、残念ながら私はどれもあまり体質に合わないため、嗜んでいない。残念である。しかし今回の随筆刊行により、新たなる無頼派作家時代が到来したと自負している。新時代の無頼派は、クリーンなのに破滅に突き進むのである。

デビュー当時から何かが改善されたかというと、むしろ状況は悪化している（ちなみに現在、私は諸事情により、高円寺の家賃三万円のアパートにひとりで暮らしている。察して欲しい）。恐ろしいことだが、現実はつねに物語よりも過酷なのだ。以前のような若さが失われていることが、状況の厳しさを加速させている。

長く付き合ってきたこのペンネームも、そろそろ終わりにしてもいいのではないかと思ったこともあった。しかし、この名前は真面目くさった文学的権威主義を打ち砕き続けてきた象徴でもある。くそったれな現実社会に対する抵抗として、あえて滑稽でバカバカしい名前を掲げ続けてきたドン・キホーテ的な英雄、それが私なのだ。いま思いついたが、きっとそうに違いない。いや、間違いなくそうだ。風車に突撃しよう。すべきだろう。なぜしない。

そう、この名前「海猫沢めろん」が、深刻さを許してくれないのだ。どれだけ深刻なことを書いてもどこかで滑稽さを醸し出す。もはや呪いだ。こうなれば死なば諸共。渋谷のスクランブル交差点にこの名前を掲げるまで死なんぞ。

長い間、私に関わってくれている方々には心から感謝している。特に、いつも私に寄り添い続けてくれる編集者の皆さんには、感謝してもしきれない。どうか長生きして、継続的な原稿依頼をお願いしたい。

そして、これを読んでいる皆さん。生活は苦しく、未来は暗い。だがしかし、それでもなお私より先には死なないでほしい。あなたが私の名前を、学校や会社や職場やネットのあらゆる場所で囁(ささや)いてくれることで、執筆の機会は広がり、命の蠟燭(ろうそく)は少しずつ継ぎ足されていく。あなたの一声が、私を生かし続けるのだ。だから、ぜひ声をあげて、毎日「海猫沢めろん」とやさしく囁いてほしい。必ず良いことが起きるだろう。今日のラッキーアイテムは本書で作られた原寸大ピラミッド。時代の流れに抗(あらが)いクフ王にも匹敵する威容を余すところなくこの世に知らしめ、新たなる壮観を世に刻まん。

なんだかんだ云いながらも二〇年、結局のところ私がしてきたことは、ひたすらに世迷い言と戯れ言と泥の中から輝く一文を掴み取る、昔ながらの文士たちの営み。ただ生きるための「生活」なのである。

謝辞　生活関係者（順不同敬称略）■佐藤友哉、川上未映子、坂口恭平■大塚シェアハウス／高無宝良、斎藤恵汰、伊藤みずほ■東大前仁愛クラブ／もふくちゃん、針谷美穂、椎名彩木、岸本つよし、佐藤公哉、施井泰平、吉河順央、黒崎真音、でんぱ組.inc の面々、飯島章子、岸洋子、大塚翔一、霜村佳広、森下ゆにこ、佐久間比呂美、中島尚人、権頭真由、古川麦、中村大史、伊東謙介、堀口祐美子、堀池大介、船木匡太、千田みゆき■西荻シェアハウス／森曠士朗、楠本征広、竹田ネロ、めかつちゃん、鈴木隆介、文月悠光、小林円、大村詩織。

海猫沢めろん

（うみねこざわ・めろん）

一九七五年、大阪府生まれ。二〇〇四年『左巻キ式ラストリゾート』でデビュー。一一年『愛についての感じ』（講談社）で野間文芸新人賞候補、一七年『キッズファイヤー・ドットコム』（講談社／野間文芸新人賞候補）で熊日文学賞を受賞。著書に『ニコニコ時給８００円』（集英社）、『夏の方舟』（KADOKAWA）、『頑張って生きるのが嫌な人のための本』（大和書房／角川文庫『もういない君と話したかった7つのこと』改題）、『明日、機械がヒトになる』（講談社現代新書）他多数。近著に『ディスクロニアの鳩時計』（泡影社）がある。

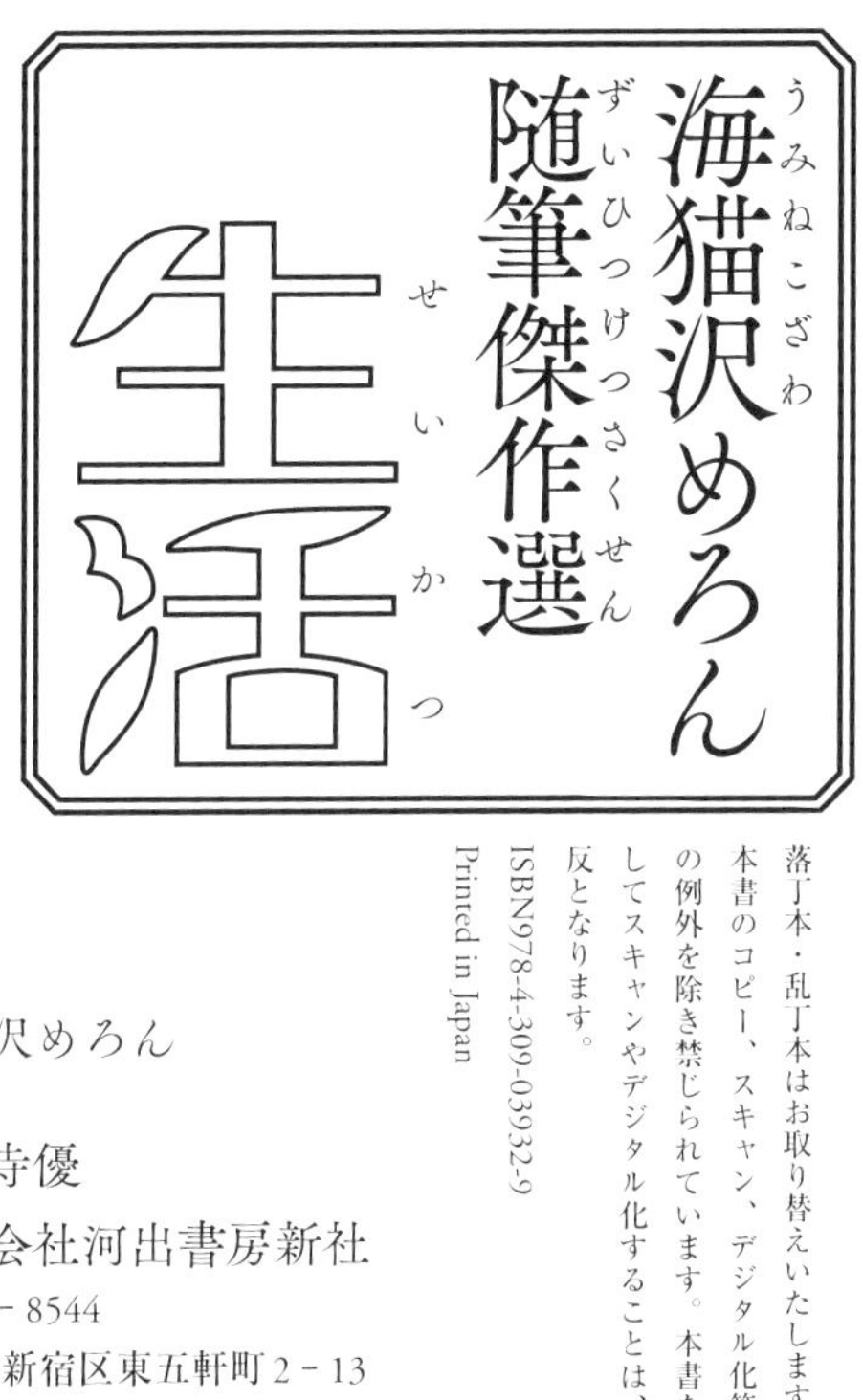

ISBN978-4-309-03932-9
Printed in Japan

二〇二四年一一月二〇日　初版印刷
二〇二四年一一月三〇日　初版発行

著者　海猫沢めろん

発行者　小野寺優

発行所　株式会社河出書房新社
〒162－8544
東京都新宿区東五軒町2－13
電話　03－3404－1201［営業］
　　　03－3404－8611［編集］
https://www.kawade.co.jp/
印刷　株式会社亨有堂印刷所

製本　加藤製本株式会社

装画　阿部洋一

装釘・本文レイアウト　山本浩貴＋h（いぬのせなか座）